Лето – это когда тепло

Роман о любви

Альфира Сундквист

Лето – это когда тепло

Kustantaja: BoD – Books on Demand, Helsinki, Suomi
Valmistaja: BoD – Books on Demand, Norderstedt, Saksa

ISBN: 978-951-568-181-2

Глава 1

Костя сильно удивился, увидев у их школы знакомую машину: отца неделю как не было дома. Костя был уверен, что он в командировке (отец в свои планы никогда его не посвящал).

- Папа?

Отец открыл дверцу машины и коротко бросил:

- Садись!

- Мы куда? – удивился Костя: отец никогда не забирал его из школы, к тому же время было рабочее.

- К деду.

- Что? С ним что-то случилось?

Другой причины быть не могло: чтоб его вот так забрать из московской школы и, не заезжая домой, отправиться в Питер.

- Нет. Я уезжаю, а ты пока поживешь у деда.

- Папа, ну что на самом деле происходит?.. - спросил Костя робко. – Ты знаешь, что у меня каждый день тренировки.

- Ну не каждый день.

- Почти.

- Ничего, и в Петербурге есть футбольная лига.

Это было уже серьезно. Костя посмотрел на отца недоуменно.

- Сколько я должен буду там пробыть? Ты надолго уезжаешь?

- Я приеду за тобой к осени.

- Но я же могу с тетей Нелей и с Димкой пожить. Ты что с ней поссорился? – догадался наконец сын. - Вы с ней разошлись?

- Ты задаешь много вопросов, наши отношения тебя не касаются.

- Ты меня к ним привел, когда мне было три года; я прожил с ними десять лет, и меня это все же не касается?

От недавней робости не осталось и следа, при необходимости мальчишка был способен проявить характер.

- Надеюсь, моя родная мать меня как-то касается и с ней-то я смогу проститься?

Костя отвернулся от отца к окну.

- Тебе это важно?

- Для меня все важно, - повернулся опять к нему Костя.

Отец свернул с основной дороги.

- У тебя десять минут. Надеюсь, на поезд не опоздаешь, - предупредил он сына, когда они прибыли на место.

- Да… а мои вещи?

- Ими займется перевозочная фирма.

- Куда ты все же едешь?

- В Америку.

Отец припарковался у кладбища. Выйдя из машины, мальчик поспешил ко входу.

Нужно было уложиться во времени.

Если бы мальчик обернулся, он бы увидел, с какой болью отец смотрит ему вслед.

Могила была ухожена и цветы - совсем свежие.

- У тебя такое доброе лицо, - произнес сын, после некоторого молчания, - и я не думаю, что ты на меня сердишься; хотя папа, чувствуется, думает иначе. В общем, опять я остаюсь один. И почему мама Димы не устраивает отца? Тетя Неля хорошая. Не обижайся… она же у меня была единственной мамой, хотя я никогда ее так не называл. И по Димке буду скучать.

И чего папе еще надо - мне так на фиг сдалась эта Америка.

Глава 2

Когда Костя с дедом вышли из лифта, у соседней квартиры стояла длинноногая девочка.

Услышав шум открывающегося лифта, она обернулась на них, продолжая разговаривать по телефону, прижимая его плечом. В одной руке у нее был портфель, другой же она пыталась вставить ключ в замок.

- Вы там подождите меня, - проговорила она в телефон и одновременно окинула Костю любопытным взглядом, - я портфель закину и деньги прихвачу.

«Не узнала», - догадался Костя. Ну конечно, между им сегодняшним, натренированным, накачанным подростком, и десятилетним мальчиком, каким она видела его три года назад, —

большая разница. Ее же узнать было легко: у нее были огромные голубые глазам, ни у кого он таких раньше не видел.

Настроение Кости резко улучшилось.

- Заходи, - проговорил дед, открыв дверь. – Ну вот… мы и дома.

Дет прошел вперед, а он, повесив куртку, стал медленно стягивать свои кроссовки. Как только дед исчез из поля зрения, приоткрыл дверь и стал в щелочку следить за дверью соседки. И как раз в тот момент, когда девочка появилась на площадке, раздался голос деда:

- Костя, закрой дверь, нехорошо подглядывать.

Костя успел приметить, как длинноногая соседка, ухмыльнувшись, побежала по лестнице вниз.

***

Костя удивился, когда ему тренер позвонил сам. Похоже, отец успел позаботиться о нем.

- Найдешь стадион? Может, тебя проводить? – вызвался дед помочь.

- Найду, не маленький.

Не хватало еще появиться перед новой для

него командой с сопровождающим. К тому же он привык быть самостоятельным: несмотря на то, что жили под Москвой, Костя с девяти лет до школы и до тренировок добирался сам.

- Да, большой ты стал.

Костя посмотрел на деда с сочувствием. У него с дедом было что-то общее. Или нет – не «что-то», а «кто-то». И этот кто-то для него был отцом, а для деда – сыном.

- Дед, я в московском-то метро не теряюсь, а в питерском уж наверняка разберусь – не волнуйся, - проговорил он, смягчив тон.

Команда приняла Костю с нескрываемым любопытством. Он же постарался не ударить лицом в грязь.

После тренировок тренер задержал его: нужно было забрать бумаги для подписи. И когда наконец он добрался до раздевалки, там оставался лишь только один из футболистов. «Павел», – вспомнил Костя его имя.

- А ты молодец, здорово играешь, - сходу похвалил его Павел.

- Ты тоже играешь неплохо. И мог бы, наверное, играть лучше. Такое впечатление, что ты на самом деле «играешь», имею ввиду - не очень-то напрягаясь.

- Да, футбол для меня скорее развлечение, меня больше привлекает сцена.

- Сцена?.. Я думал, что она может привлечь только девчонок.

- Ну, Шекспир не очень на девчонку похож. Продолжить?

- Ладно… Чего, обиделся что ли? Просто не понимаю: футбол и театр…

- Футбол мне тоже нравится. Но ты прав - нравится играть, но посвящать свою жизнь – нет, не собираюсь... Тебе в душ? Иди, я тебя подожду.

- Зачем ты тратишь время на футбол? – продолжил разговор Костя, когда они с Павлом пошли в сторону метро. - Записался бы лучше в театральную студию, там наверняка пацанов не хватает.

- Нет смысла что-либо менять. Мы скоро, наверное, уедем в Германию.

- Зачем?

- У меня мама по происхождению немка.

- И что из этого? Немцы в России живут со времен Ивана Грозного. Если бы все зависело от меня, я бы никуда не уехал. Ну разве что из-за футбола.

- Когда это еще будет…Так что незачем и расстраиваться. Или есть из-за чего? – спросил Павел, почувствовав настроение собеседника.

- Надеюсь, нет, - задумчиво произнес Костя.

- Завтра у нас выходной - пойдешь в театр?

Уловив удивленный взгляд своего нового приятеля, тут же добавил:

- Понял: предложение не по адресу. Но все же, если надумаешь, позвони.

Павел протянул визитку.

- Визитка?
- Удобно. Когда знакомишься… понимаешь?
- Да, тебе на самом деле нужно в театр, - засмеялся Костя.

Глава 3

Наступило лето – самая жаркая пора для футболистов: кроме каждодневных тренировок, бесконечные соревнования.

Костя с Павлом стали настоящими друзьями. С остальными ребятами не очень удавалось сблизиться: одна половина на пришельца смотрела с восхищением, другая же - с завистью. И то и другое в дружбе мешало.

Больше всего Костю огорчало то, что он не мог никак сблизиться с голубоглазой соседкой, которая при встрече всегда проходила мимо, гордо подняв голову. Костя, конечно, был не из робкого десятка; но когда возвращаешься домой еле волоча ноги, не очень-то хочется бросаться в бой. Тем более что шансы разморозить ледяную красавицу, похоже, были небольшие.

Костя заметил, что Линда заносчиво ведет себя и со старшей сестрой. Что-то в их семье было не так. А в его семье? Разве у них все было так?.. Да и где теперь она – это семья?

Лето подходило к концу, когда Костя, зайдя в подъезд, увидел через дырочки в почтовом ящике письмо. Письмо могло прийти только от отца.

Письмо на самом деле было из Америки, от отца и адресовано деду.

Поздоровавшись с дедом и вручив письмо, Костя пошел переодеваться.

- Дед, есть хочу как волк, - проговорил он, войдя на кухню.

Костя заметил на столе вскрытый конверт. Рядом с письмом - видимо уже прочитанным - лежала фотография. На фотографии рядом с отцом стояла женщина - Косте не надо было объяснять, кто она, какое отношение она имеет к отцу.

- Боюсь, что и эта его связь ненадолго, - вздохнул дед, накладывая внуку еду. – В обеих есть что-то от твоей матери, - продолжил он с грустью. – Так что его привязанности совсем не те, какие бывают между влюбленными.

Дед, поставив тарелку на стол, сел рядом. Но Костя разговор не поддержал - стал есть с безучастным видом. Поев, ушел в свою комнату, откуда вскоре появился с набитым спортивным рюкзаком.

- Ты куда? - спросил дед оторопело.

- Домой, к своим! - отчеканил Костя.

- Подожди! Провожу тебя.

Дед пошел вслед за внуком, понимая, что остановить его не удастся.

Да и стоило ли? Костя скучал по мачехе, по Димке. Футбол его, конечно, как-то отвлекал, но в мальчишке абсолютно не было радости. В его возрасте это ненормально.

На железнодорожном вокзале дед подошел к пожилому мужчине, поговорил с ним о чем-то.

- Видишь мужчину? Держись его, - сказал он, подойдя к Косте.

- Я и сам могу.

- На всякий случай. Или хочешь, чтоб тебя с поезда сняли? Доедешь - сообщи. Ах да, Неле позвонить, чтоб встретила?

- Дед, ты о чем? Я всю свою жизнь прожил в Москве.

- Всю жизнь, да-м…

- Пора нам, - дал Косте знак мужчина, не останавливаясь.

Костя быстро обнял деда и пошел догонять своего сопровождающего.

Глава 4

Когда Костя, заглянув во двор, увидел, как Димка носится по нему с мячом, - оторопел. Он точно знал: футбол Димка не любит. Хотя Диме было уже почти четыре года, когда они с отцом переехали к ним, ему часто попадало от Кости, который был на год его младше. На первый Костин юбилей – пять лет – Дима подарил ему футбольный мяч. Этот подарок он придумал сам, в надежде, что новоявленный брат отстанет от него, - но не тут-то было: Костя обязал его выполнять роль вратаря. Как ни странно, он не сопротивлялся и не жаловался матери.

Заметив в воротах чучело, Костя понял: Дима тоже скучал по нему. Он пошел к воротам. Выкинув чучело, проговорил приказным тоном:

- Вставай!

Дима подчинился, изображая, как всегда, недовольное лицо, но глаза его блестели.

Костя боковым зрением увидел в окошке мачеху, и – промахнулся. Он медленным шагом пошел за мячом: был весь в ожидании.

- Костя!

Голос мачехи был радостным. Подойдя к Косте, она обняла его.

- Мама, - тихо произнес он и почувствовал, как она вздрогнула. - Я ненадолго, на одну ночь. Мне же скоро в школу, - быстро проговорил он, отступив от нее.

- Идите в дом. Сегодня как раз любимые твои ватрушки, - пригласила мачеха, ласково проведя рукой по его бритой голове.

Только Тетя Неля поставила ватрушки на стол, как зазвонил телефон.

«Это наверняка дед», - подумал огорченно Костя: забыл позвонить. Мачеха вышла. Костя стал напряженно прислушиваться.

- Добрый вечер, Олег Петрович… Да, не переживайте… Когда?.. В прошлую ночь?.. Может, он тогда здесь останется?.. Хорошо, я вам перезвоню.

Услышав приближающиеся шаги, Костя схватил ватрушку и стал впихивать ее в рот.

- Костя, сегодня ночью звонил твой отец, - сообщила мачеха, вернувшись на кухню. - Он не сможет приехать за тобой, как обещал. - В ее голосе послышалось сочувствие. - Во всяком случае, отец твой приедет не совсем скоро. Ты, если хочешь, можешь пожить до его приезда у нас.

Рот был забит ватрушкой - Костя в знак согласия закивал головой.

Глава 5

Линда, подойдя к окошку, стала безучастно смотреть на свой двор. Заняться было нечем, близких подруг у нее не было. Единственный ее друг – безумно любящий ее отец – был в командировке. Если, конечно, на самом деле это были командировки. Ну а если уж до конца быть честным, она понимала, что происходит, но это ее не волновало. Она, конечно же, всегда была на стороне отца.

Линда почему-то вспомнила внука соседа - этого бритоголового мальчишку. Линда даже толком не смогла разглядеть его, но она знала точно, что произвела на него впечатление; чему не стоило удивляться: на нее заглядывались парни намного старше ее. Но все же, возможно, они могли бы стать друзьями с внуком Олега

Петровича, если бы не ее заносчивость. Да и что теперь об этом вспоминать… Прошло два года, как он уехал, после чего больше здесь не появлялся.

Линда ужасно обрадовалась, когда увидела знакомую машину. Она не пошла встречать его в прихожую - знала: отец, поздоровавшись с домочадцами, сразу зайдет к ней.

Но все пошло не так: она услышала, то как отец с матерью прошли мимо. Истекло минут двадцать, прежде чем отец вошел к ней. Линда попыталась сделать обиженное лицо, но не выдержала – бросилась радостно ему на шею.

- Линда, нам нужно поговорить. - Отец был серьезен. – Присядь.

Девочка села, не отводя взгляда от отца; почувствовав, как от нехорошего предчувствия учащенно забилось сердце.

- Линда, так случилось, что мы разводимся с твоей мамой.

- Ты уходишь? Куда ты уходишь? – Линда вопрошала, смотря на отца снизу-вверх.

- Да, я, может статься, уеду.

- Возьми меня с собой! Не оставляй меня с ними! - упрашивала дочь, схватив отца за руки.

- Будет лучше, если ты останешься здесь. Тебе нужна мать, и у тебя хорошая сестра. Я очень, возможно, перед ней виноват. Хотя я и старался не обижать Ольгу, не исключаю, что она заслуживала лучшего отношения.

- Нет! Нет! Ты должен меня взять с собой! Я им чужая, они мне чужие! Ты не знаешь, ты ничего не знаешь, - разрыдалась Линда.

- Что... что я не знаю? Они тебя обижают? - встревожился отец.

- Обижают?.. Они?.. Папочка, пожалуйста, возьми же меня с собой! - продолжила Линда умолять отца.

- Я тебя буду поддерживать, не волнуйся. И свою квартиру я переписал на тебя. Она твоя, поняла? Ты здесь хозяйка, так что тебе будет легко наладить со своими отношения. Ты уж постарайся - до твоего совершеннолетия еще четыре года.

Отец смотрел на нее ласково, но на душе от этого легче не становилось. Во взгляде не было сочувствия или жалости. Линда поняла: он все уже решил; она уже была не единственной, кого он любил. Там, где-то, есть другая; любовь которой и любовь к которой для него важней.

В ней сработало самолюбие избалованного ребенка. Она полезла в шкаф за своими вещами.

- Я не могу больше разговаривать. Мне нужно в школу. Ольга Николаевна просила, чтоб я пришла туда к четырем часам.

Она принялась переодеваться.

Отец вышел.

Упование дочери на то, что отец ее все же попытается задержать, успокоить, пообещать ей хоть что-то, что было бы все же лучше, чем оставаться с теми, которых она все эти годы терроризировала, - не оправдалось.

Они её обижали?!
Как отец был далек от их жизни...
Они ее ублажали настолько, что это в конце концов стало ее раздражать. Она провоцировала их все больше и больше, где-то в глубине души бессознательно ожидая протеста.

На улице еще постояла в надежде, что отец ее вернет.
Была зима.
Стоять - холодно. Тем более что в спешке оделась не по погоде.

Линда пошла по направлению к гостинице «Прибалтийская». Дойдя до неё, немного подумав, решила войти внутрь.
Девочка с рождения жила на Васильевском. Здание гостиницы было для нее своего рода достопримечательностью, которую созерцала до сих пор только с наружной стороны.
Её, конечно, могли остановить.

Но будь что будет - она замерзла. К тому же ей безразлично, что ей скажут чужие.

Войдя в здание, Линда поняла, что зря она переживала: никто никакого внимания на нее не обратил.

Девочка села на диванчик, находившийся поодаль от дверей: все же замерзла изрядно.

Какое-то время наслаждалась теплом.

Расслабившись, Линда стала потихоньку разглядывать туристов. Она никогда не видела иностранцев в таком большом количестве на таком малом пространстве. Что-то в них было отличительное от соотечественников - какая-то внутренняя свобода, близкая к безразличию, - что отражалось на лице и в движении. Каждый был сам по себе; столкнувшись со знакомыми, перебрасывались фразами и продолжали свой путь, забыв уже в следующую же секунду о встречном.

К справочному бюро почти одновременно подошли три женщины - образовали очередь, встав чуть ли не в полметра друг от друга. Но вот в очередь встал мужчина, пристроившись к женщине, стоявшей последней, почти вплотную. Линда сразу догадалась, что это был кто-то из своих. Женщина тихонечко продвинулась вперед, пытаясь так образовать пространство между собой и мужчиной, но тот тут же сделал шаг вперед. Иностранка - по видимости - не первый раз в России: прекрасно понимая, что ее не преследуют, а это просто по-русски — стоять, дыша в затылок, - прекратила попытку оторваться от него.

Все это немного позабавило Линду.

Девочка вдруг почувствовала на себе чей-то взгляд. Повернув голову, заметила мужчину, стоявшего недалеко от справочной. Мужчина смотрел на нее в упор и, поймав ее взгляд, улыбнулся ей. Улыбка была какой-то слащавой, неприятной.

Девочка тут же отвернулась. Занервничала. Надо было уходить.

Она еще немного помедлила, чтоб ее уход не выглядел бегством. Затем встала и, воспроизведя выражение иностранок - свободно-непринужденное, направилась к выходу.

Сколько же прошло времени, как она ушла из дома? Везде уже горели уличные фонари. Зря она сказала отцу, что пойдет в школу. Надо было просто уйти, ничего не сказав. Вот бы он поволновался - носился по городу, разыскивая ее.

Может, еще где-нибудь подзадержаться?

Девочка вдруг почувствовала усталость и какое-то безразличие. На улице стало совсем холодно, захотелось домой.

Глава 6

Свернув к себе во двор, Линда еще издали увидела стоящую у их подъезда «скорую».

«Мама», - прошептала Линда в ужасе.

Девочке показалось, что лифт спускается слишком медленно, - она побежала вверх по лестнице, перешагивая через ступеньки.

«Мама, мама», - повторяла она.

Только сейчас до нее дошло, что мать тоже покидают и, в отличие от нее, навсегда. Мысль, что это может быть кто-то другой, в голову ей даже и не пришла. Поэтому почти проскочила мимо санитаров с носилками.

На них лежал Олег Петрович, сосед.

Она долго пыталась нащупать дрожащими

руками ключ, затерявшийся где-то в глубине кармана. Ключ нашелся, но он никак не вставлялся в замочную скважину; а потом выпал из рук на каменный пол, издав легкий металлический звук.

Мать пришла на помощь - открыла дверь изнутри.

- Там Олега Петровича на «скорой» увезли, - сообщила матери Линда и, воспользовавшись замешательством матери, юркнула к себе.

Оказавшись в своей комнате, прислонилась к стене: ноги совсем обессилели.

Она не успела прийти в себя, как в комнату вошла Ольга, старшая сестра, которая раньше никогда не входила к ней не постучав.

- Мы тебе, значит, чужие, - зло проговорила она. — Мама все время только и делает, что угождает тебе, а ты в ответ только и знаешь, что терроризируешь нас.

- Может, потому и терроризирую, - отвернувшись, с сарказмом проговорила Линда, - что не хочу, чтоб мне угождали.

- Кстати, эта комната когда-то была моей, но первый класс — это же так ответственно. Я, конечно, понимаю: это квартира твоего отца и для его родной дочери не только первый класс ответственный, но и второй, и третий — и так до окончания школы. Ах да, ты же потом пойдешь в институт - где первый семестр тоже будет ответственным.

- Ты очень-то не старайся! С этого дня ни одного сантиметра твоего здесь не будет - отец квартиру отписал мне.

Сестра сделала попытку ответить, но так ничего не сказав, молча вышла из комнаты.

Линда, подойдя к столу, опустилась на стул. На столе лежал конверт, рядом с ним банковская карточка и записка. В ней отец извещал о том, что карточка выписана на нее и что в месяц она может тратить определенную сумму. (Сумма была довольно внушительной).

Заглянула в конверт, там лежали деньги.
Она машинально стала их считать. Денег было ровно столько, сколько Линде можно было снимать в месяц. Если учесть, что полмесяца уже прошло, можно считать, что получила и бонус.

Но за что?
За то, что ее поменяли на другую?

Почувствовав вдруг жгучую ненависть к той, которая оказалась ее отцу ближе и родней, Линда взяла деньги в охапку и бросила их на пол.

Любовь бывает разной...

Это ложь!.. Любви может быть меньше или больше! Отец выбирал между ней и той... Хотя нет... Был еще третий - он сам. Ну конечно, как она об этом раньше не подумала, - это была любовь в первую очередь к самому себе!

Линда задумалась... Всё ведь может еще поменяться - он будет с той, пока ему будет хорошо. Может же он ее и разлюбить.

(Хотя мать скрывала измены отца, дочь, как это часто бывает, прекрасно об этом знала. И до сих пор она старалась об этом не думать: не ее это было дело.)

И это - очередное - увлечение отца может быть недолгим, и тогда он опять вернется к ним. Надо, наверно, просто терпеливо ждать.

Девочка принялась собирать разбросанные по полу деньги. В деньгах, во всяком случае, недостатка у нее не будет.

Глава 7

Линда с отцом встречались раз в месяц. В кафе.

Отец приходил с пустыми руками.

Конечно, денег на карточке было более чем достаточно, но все же подарок – это внимание; признак того, что о тебе думали и готовились к предстоящей встрече.

Отец не мог понять: почему глаза дочери, при их встрече выражающие радость, начинали быстро потухать.

Прошло полгода, и что-то изменилось - она почувствовала это сразу. Отец спрашивал дочь о делах, но ответа ее, казалось, не слышал.

В этот раз во взгляде дочь увидела то, что

пыталась уловить при первом разговоре об его уходе. «Папа вернется… он скоро вернется», - обрадовалась она.

Стала с подъемом, не дожидаясь вопросов, выкладывать последние свои новости: дома все хорошо, они не ссорятся.

(Спокойно из-за того, что она просто с домочадцами почти не общается и не замечает их, уточнять не стала. Не замечает того, что вещи ее всегда чистые и выглаженные, как и всё ее постельное белье, благоухающее чисто-той и свежестью.

И каким-то образом ее комната, в которую никто из домочадцев не должен был сметь даже заглядывать, также блистала чистотой.)

В школе тоже все, в общем-то, хорошо. На конкурсе «Мисс школы» заняла второе место. Первое досталось Таньке Шевцовой - дылде из 10-го Б. Но ничего, она же вырастет. Ходить по подиуму ей не очень-то, честно говоря, нравит-ся. Но вот иметь такую фирму ей бы хотелось. (На что она сделала попытку намекнуть отцу.)

Заметив, что отец украдкой поглядывает на часы, девочка взяла инициативу прощания на себя.

Заторопилась.

- Папа, мне пора уходить, но мы же скоро с тобой увидимся, - защебетала она, стараясь не смотреть ему в глаза, чтобы не выдать откуда-то изнутри поднимающуюся тревогу.

Отец крепко обнял ее - он никогда дочь так раньше не обнимал. Это ее больше растрогало, чем вызвало какое-либо подозрение.

Девочка успокоилась.

Больше отца она не видела.

Глава 8

Зачем только Костя согласился на предложение отца довезти его до вокзала. Отец забыл, видимо, о московских пробках.

Пассажиров на перроне почти уже не было, хотя до отправления поезда время еще было. Но никто, вероятно, не хотел рисковать - поезд отправлялся в Германию, и большинство из отправляющихся было уже на местах.

- Костя!

Павел, выскочив из вагона, сходу крепко обнял своего друга.

- И все же вы уезжаете… Больше двух лет прошло; я был уверен, что передумали, - сказал Костя, ответив на объятия друга.

- Подробности не знаю, но кажется, папа не

очень хотел уезжать. Да… я слышал, что твой отец наконец-то вернулся.

- Правильнее будет сказать – приехал.

- Не насовсем, значит. Ты уедешь с ним?

- Не думаю. Какая мне сейчас Америка.

- Ну да, ты один из лучших среди юниоров. А отец согласен, чтоб ты остался?

- Надеюсь, тренер уговорит; скажем так – убедит. А ты, я слышал, футбол забросил. Все же поменял его на театральную студию?

- Нет, я решил нажать на английский язык.

- Но ты и так учился в английской школе.

- Да, но в Германии мне придется все предметы изучать на английском.

- Почему не на немецком?

- Потому что английский знаю лучше. А на переправе, знаешь, коней не меняют.

- А это возможно – учиться в Германии на английском?

- Ну да. Там есть такие гимназии, где все предметы преподают на английском языке.

- Павел, останешься! – крикнул отец Павла, высунувшись из окна вагона.

- Тебя зовут... Ну давай!.. Не пропадай!.. Телефон мой знаешь.

- Все! Пока! Я позвоню.

Павел побежал к своему вагону: они, незаметно для себя, отошли далеко от него.

Павел, взявшись за поручень, обернулся и еще раз помахал другу. Костя, ответив ему и еще немного постояв, пошел к отцу.

Косте было непривычно, что отец возится с ним. Вероятно, он рассчитывает на то, что ему удастся уговорить сына переехать в США. (Костя был уже не в том возрасте, когда можно было бы его забрать с собой, не спрашивая, хочет ли он того.) Но это говорило также и о том, что давить на сына отец не станет. А это означало - Костя никуда не поедет, тем более в США; но все же хотелось, чтоб все прошло как можно гладко.

В доме тети Нели отец не появлялся, хотя понемногу расспрашивал о ней. Костя даже не знал – хочет ли он, чтоб отец с мачехой опять были вместе. Ему было хорошо там, и где-то внутренне он боялся, что отец, вернувшись, все может разрушить.

Отец каждый месяц высылал ему деньги на карманные расходы и отдельно - тете Неле. Костю вначале это удивляло: отцу приходилось каждый раз также немалую сумму платить за отправку; но, взрослея, понял, что для отца было важно, чтоб деньги шли по назначению - не портили сына; а насчет тети Нели – не был уверен, как долго Костя будет жить у нее. Но теперь, вероятнее всего, все поменяется: теперь уходить от нее некуда.

Костя не стал говорить Павлу о деде, чтоб не испортить обоим настроение.

- Тебя твой друг ни на что не сподвигнул? - спросил отец, как только они тронулись.

«Ах вот почему отец принял в этом живое участи», - догадался Костя.

- Пап, ну подумай сам: куда я в США со своим футболом?
- Для тебя это важно?

Он когда-то уже слышал этот вопрос…

- Ты был на кладбище? – перевел разговор сын на другую тему.
- Я, как вернулся, бываю там каждый день. Это ты ухаживаешь за могилой?
- В последние полгода - да. Раньше с тетей Нелей ездили.

Косте очень хотелось узнать: один он или с той женщиной?

- Мне, конечно, скучновато одному, - как будто прочел отец его мысли, - но если для тебя футбол настолько важен, пусть будет по-твоему.

- Спасибо, - сдерживая радость, произнес Костя.

Почему-то именно сейчас он почувствовал, что соскучился по отцу. «Видно, и он чувствует то же самое», - подумал он о нем.

- Может, зайдешь? - сделал Костя попытку пригласить отца в дом.

- Как-нибудь потом.

Машина сходу рванула с места.

«Похоже, ему хотелось...» - догадался он.

Глава 9

Ольга тихонько вошла в комнату Линды и громко запела:

Happy birthday to you!
Happy birthday to you!

- Ну что ты делаешь? Будишь в такую рань, - проворчала сердито Линда, засовывая голову под подушку.

- Ты вчера пришла поздно и, похоже, не заметила, что тебе с почты пришло извещение. Четыре года от твоего отца ничего не было. Да здравствует совершеннолетие!

Ольга замолчала, заметив, как сестренка замерла под одеялом.

- Я его сюда, на стол, положу.

Линда слышала, как покинули комнату, но все же продолжала лежать не шевелясь.

Затем медленно села на кровать.

Встала.

Подошла к столу.

Взяв со стола извещение и прочитав его, бросила его обратно.

Сходив в туалет, опять легла.

Но через минуту вскочила и стала быстро одеваться.

***

- Девушка, но здесь нет обратного адреса!

- Как же нет, - не согласилась с Линдой работница почты. – Вот же написано: Ванкувер, Канада.

- Да, но где название улицы, номер дома? – все настойчивее высказывала свое возмущение девушка, как будто бы это была вина молодой почтальонши, что отец не обозначил их в своем обратном адресе.

- Ну уж не знаю, - парировала та, – для нас главное адрес получателя.

- Мне, что же, через «Жди меня» его искать? - проговорила Линда, направляясь к выходу.

Она, конечно, могла бы его найти. Ну и что потом?.. Ломиться в закрытые двери?..

День ее совершеннолетия был испорчен. Возвращение домой было нерадостным.

***

Девушка вставила ключ в замок и тут же вынула его обратно. Затем села на лестницу, бросив бандероль рядом.

Она услышала, как за ее спиной открылась дверь соседей слева. Супружеская пара была, по всей видимости, еще на работе. Это была, вероятно, их дочь. Они переехали сюда полгода назад. Олег Петрович из больницы не вернулся - квартира долго пустовала.

На площадке на самом деле появилась дочь соседей. Она молча прошла к лифту, но скоро вернулась обратно с газетой в руке.

- Вы забыли ключ? – не поздоровавшись спросила она.

Чего бы соседка здоровалась, если Линда всегда проходила мимо нее, не замечая, высоко задрав голову. Это было легко - соседка была на голову ниже ее. Линду раньше никто на «вы» не называл. Сколько же ей лет? Хотя сколько бы ни было, молодежь все же друг к другу обычно обращается на «ты».

- Да, - неожиданно для себя ответила Линда.

- Заходите, а не то простудитесь, - просто, без колебаний пригласила ее соседка.

Первое, что бросилось Линде в глаза, были книги, стоявшие на стеллажах, установленных вдоль стены коридора. Книг было много - и их читали. (Ведь как бы с книгой ни обращались бережно, все равно заметно - читают их или нет. Да и кто бы выставил книги в коридоре, если бы они использовались только для имиджа.)

И только войдя в гостиную, Линда поняла, почему книги оказались в коридоре: для них просто не было места. Книги были везде: на столе, в книжном шкафу, на полках - везде, где только можно было их разместить.

- Это все папа, это он собирал их. Он очень любит читать, ну и я тоже. В коридоре книги в основном мои, с самых первых, - отреагировала хозяйка квартиры, заметив любопытный взгляд соседки.

- А мать что же... не читает? – не выдержав, съязвила Линда.

Она сама была не такая большая любительница книг.

- Мама?.. Я думаю... ей некогда.

Было заметно, что вопрос застал девушку врасплох. Видимо, дочь сама об этом никогда не задумывалась.

Молодая хозяйка пошла на кухню; Линда

стала разглядывать книги, взяла даже одну, но тут же аккуратно поставила на место.

- Линда, вы как - будете чай или кофе? – спросила соседка, заглянув в гостиную.

- Ну что ты «выкаешь», давай на «ты»! – не ответила на вопрос гостья.

Нет, ей пора уходить. К тому же Линда не знала того, как зовут ее соседку, и это могло обнаружиться по мере общения. Домочадцы, наверное, в курсе; надо будет спросить у них.

- Ой! Да вот же он... - деланно обрадовалась Линда, вытащив ключ из кармана. - Обычно я его в сумку кладу. Я, пожалуй, пойду. Ты тоже как-нибудь заходи; мои приходят, как правило, довольно поздно. Где живу, наверное, знаешь.

Линда улыбнулась, пытаясь сгладить свой привычно резкий тон.

***

Выходя из квартиры, девушка чуть было не столкнулась с молодым человеком. Линда с любопытством оглядела его. «А у нее губа не дура», - подумала она о соседке: было понятно, что он направлялся именно в квартиру, которую она только что покинула.

Взгляд Линды юноша расценил по-своему.

- С Олегом Петровичем все в порядке?

41

- С Олегом Петровичем? – удивилась она - А вы кто?

- Я друг его внука.

- Хорош друг…

- С Олегом Петровичем на самом деле что-то случилось?.. – еще сильнее встревожился юноша.

- Да, и очень давно.

- Печально, - произнес Павел, догадавшись, что имела в виду девушка с огромными голубыми глазами. – Я не видел друга с тех пор, как уехал из России, – вот, думал, узнаю у его деда, где его найти.

- Вы сильно не расстраивайтесь. Сосед с больницы не вернулся, но… возможно… его просто забрали прямо оттуда, - попыталась Линда успокоить юношу, хотя сама не очень в это верила.

- А кто же теперь?.. - Юноша кивнул на дверь квартиры соседки.

- Там с полгода новые живут. Слушайте, если вы так издалека, зайдите хоть на чай.

- Я не напрямую сюда приехал. Я у отца остановился, он здесь в командировке.

«И для чего я ей все это рассказываю?» - подумал Павел.

- Ну как насчет чая? – улыбнулась Линда, пытаясь разрядить обстановку.

- Я бы предпочел кофе.

- И кофе найдется.

- Нет… знаете, я тут поблизости приметил приличное кафе. Составите мне компанию?

- Ну нужно же мне вас как-то поддержать, - ответила Линда кокетливо.

Павел подошел к лифту и открыл перед ней дверь, но Линда стала спускаться пешком.

- С пятого этажа… похвально.

В это время открылась дверь соседки.

Павел обернулся.

На него смотрели зеленые, выразительные глаза. В руках у обладательницы изумрудных глаз была нераспечатанная бандероль. Столкнувшись с ним взглядом, девушка (если ее так можно было назвать: она больше походила на подростка) засмущалась и вернулась обратно, тихонько закрыв за собой дверь.

Глава 10

- Ну что, в Москву? На заслуженный отдых?

- Да нет, я лечу в Петербург. А ты не знаешь, самолеты из Барселоны летают туда? Ты домой напрямую летаешь? – спросил Костя приятеля по команде.

- Ну конечно, летают. Я как раз собирался заказать; давай и тебе выкуплю – вместе будет веселее.

- Спасибо, а то мне тут еще по магазинам нужно пробежаться: я никак с подарками не определюсь.

- А чего ты решил в Питер лететь? Я думал, к родителям полетишь, или зазноба появилась?

- Да как тебе сказать… Есть такая, украла мое сердце. Хочу хоть одним глазком поглядеть - какая она стала?

- Ты что, так давно ее не видел?

- Давно. Мне тогда всего тринадцать было.
Приятель присвистнул:

- За тобой девчонки табунами ходят, а ты
мечтаешь о той, которую видел подростком?..
Кстати, помнишь, у нас Павел такой был? Ты
же дружил вроде с ним?

- Ты видел Павла?.. Он ведь в Германии
живет.

- Да, но его отец сейчас в Питере работает.
Так вот, время он там зря не теряет -видел бы
ты его девчонку! Кстати, она же живет на одной
площадке с твоим дедом. Извини… я забыл,
что он уже…

- Павел встречается с Линдой? – прервал
его Павел. Видно было, что юноша огорошен
новостью.

- Она что… ты… ее имел в виду?.. –
догадался приятель по изменившемуся лицу
Кости. - Извини, брат, не знал. Я теперь тебя
понимаю, такую не забудешь.

- Добить меня решил? – глухо проговорил
Костя в ответ.

- Слушай, не жена она ему пока. И кто он
рядом с тобой? Ты знаменитость, а он кто?

- Павел - мой друг, если ты помнишь еще
об этом.

- Ладно, разбирайтесь сами. Билет-то тебе
заказывать?

- Да, если не трудно. В Москву.

***

Линда, выстаивая у метро «Приморская», время от времени поглядывала на часы.

Соседка на звонок не отвечала. Наверное, опять телефон оставила дома.

Идет ли она сюда или бегает по делам?

У Линды трубка всегда с собой: она без нее - как без рук. Если бы не Павел, опоздание Ильнары девушку не очень-то беспокоило бы.

Стоял прекрасный летний день. Дело шло уже к вечеру. Во всяком случае, можно было обойтись и без солнцезащитных очков. Очки, бесспорно, у нее были супермодные, но через них не очень пококетничаешь. Однако ей не нужно было утруждать себя этим: молодые люди, одинокие и при девушках, не оставляли Линду без внимания - что доставляло ей, безусловно, немалое удовольствие.

Но девушке все же хотелось предупредить подругу о Павле до его появления. Этот вечер можно провести и втроем. Ничего страшного - не сегодня же он, наверное, приехал; мог бы и сразу ей позвонить, и тогда у нее была бы возможность спланировать заранее этот вечер, не ставя себя в неловкое положение перед подругой.

Прошло целых десять минут, а Ильнары все нет. Вот Линда никогда не опаздывает. Не потому, конечно, что она так точна во времени, просто встречи были для нее одним из самых главных событий дня. Проще говоря, ей часто было нечем заняться, и к тому же сегодняшний день был особенным - она наконец-то познакомит соседку с Павлом.

Линда, безусловно, не настолько глупа, чтобы знакомить такого парня с подругами - потенциальными соперницами, но с Ильнарой можно, - несмотря на свой возраст, она еще совсем девчонка. Вряд ли ее парень обратит на ее подругу внимание, но авторитет в глазах соседки поднять все же хотелось. А над тем, почему это для нее было так важно, Линда не задумывалась.

Ильнара появилась не со стороны улицы, как ожидалось, а из метро.

Линда, увидев расстроенное лицо подруги, не стала ее сильно упрекать.

- Ильнара, ну наконец-то. Куда это вы все запропастились?

- Ты что, еще кого-то ждешь? – спросила

девушка удивленно. Разговора с Линдой о ком-либо еще не было.

- Да, Павла. Ты уж извини меня, я только недавно узнала, что Павел приехал, - виновато ответила Линда.

- Ну тогда, может, я пойду. Ты целый год только о нем и говоришь, вам приятнее будет побыть одним - что мы тут втроем?

(Ильнара почему-то занервничала.)

- Пойдем в кино, - предложила Линда.
- Но захочет ли он? – не сдавалась подруга.
- Но куда еще?.. О романтическом ужине разговора с Павлом не было. Сходим в кино и убьем двух зайцев: удовольствие получим и ты не будешь чувствовать себя третьей лишней.

Хотя разница в возрасте девушек была чуть больше двух лет (Ильнаре в конце августа должно исполниться семнадцать, а Линде стукнуло уже девятнадцать), - в роль подружек девушки не вписывались никак.

Линда была из тех самых девушек, каких замечаешь сразу, - очень яркая; волосы прямые, обесцвеченные; рост выше среднего; походка всегда уверенная.

Вся обувь Линды - на высоких каблуках.

Вот и сегодня на ней туфли, увеличивающие ее рост сантиметров на пятнадцать. Удивительно - что простучать ей удается даже на таких тонюсеньких шпильках.

Одевается девушка в основном в короткие юбки и кофты, плотно облегающие ее (и без того притягивающий внимание) пышный бюст. И если ко всему еще добавить точеную талию и большие, широко распахнутые голубые глаза, то ее можно назвать мечтой многих мужчин - тех, кого в представительницах слабого пола интересует в первую очередь внешность.

Хотя широко распахнутые окна не гарантия того – что, выглянув, приметишь за ними что-то интересное.

Ильнара же была невысокая - пока еще в стадии роста. Из-за не совсем оформившейся фигуры, ее можно было принять за подростка.

Это впечатление усиливал также гардероб: носила она в основном джинсы - в жаркую погоду меняла их на короткие шорты. Ильнара, в отличие от подруги, предпочитала удобную обувь. И в своих балетках рядом с ней казалась ростом ниже, чем была.

Но в ней было то, что привлекало внимание сразу, - ее глаза, притягивающие как магнит своей выразительностью и как будто живущие своей жизнью, обособленно от девушки.

Иногда, расчесывая перед зеркалом густые, черные, вьющиеся волосы, Ильнара пыталась в своих глазах разглядеть то, за что их называют выразительными. Из зеркала на нее смотрели сосредоточенно-вопросительные зеленые глаза. «Ну совсем как у ведьмы», - как-то обронила Линда. Правда, заметив расстроенный взгляд подруги, добавила: «Это самый редкий цвет глаз; знаешь, по статистике только два процента населения Земли имеют зеленые глаза». Она разбиралась в этих вещах хорошо: гороскопы были ее самым большим увлечением.

Глава 11

Павел подъехал на машине.

Только он успел появиться, как девушка, подскочив к нему и обняв, потянулась к нему губами в ожидании поцелуя.

Ильнара окинула парня своей подруги любопытным взглядом. Линда на своих шпильках была почти одного роста с ним. В отличие от своей подружки - искусственной блондинки - юноша был натуральный блондин, с густыми вьющимися волосами. Роста же - чуть выше среднего, правильного телосложения. И было заметно, что спортивный зал он не обходит стороной. Одет Павел не так броско, как Линда, - скорее, просто: серая футболка с V - образным вырезом (Ильнара знала, что сейчас это модно), потертые джинсы, кроссовки. Во всем этом ансамбле ощущался непонятный для Ильнары шик. Девушка впервые подумала о том, как она смотрится сама.

Тонкая хлопчатобумажная белая футболка, с вырезом почти под горло, и не привлекающие никакого внимание балетки вряд ли создавали то же впечатление, что экипировка юноши.

Цвет его глаз Ильнара разглядела не сразу. Были они не такие большие, как у Линды, но и не маленькие. Взгляд довольно-таки сдержанный, но в то же время приветливый.

Юноша заметил, что его рассматривают. Было странно видеть эту девушку - совсем еще молоденькую - рядом с Линдой, если бы не глаза. «Глаза у нее почти изумрудные. И она, похоже, старше, чем выглядит, - такие они выразительные», - подметил юноша.

Ему вдруг стало неудобно стоять перед ней с повисшей на нем Линдой. Он сделал попытку осторожно оторвать подружку от себя.

Поняв, что ее созерцание было замечено, Ильнара смущенно отвела глаза в сторону.

Юноша вспомнил, где видел ее раньше.

Линда, с удивлением посмотрев на юношу, проследовала по направлению его взгляда.

- А, это Ильнара, - представила она свою подругу. – Моя соседка.

- Ильнара?.. У вас красивое имя. А меня зовут Павел, - протянул ей руку юноша. И по обычаю страны, в которой он жил, крепко пожал неуверенно вложенную в его руку ладошку.

- Да, я знаю, - проговорила девушка смущенно.

«Глаза у него серые», - наконец разглядела Ильнара.

- А мое имя, значит, не очень красивое?

Было непонятно: обиделась девушка или просто шутит.

- Конечно же красивое!.. В твоем имени все согласные звонкие, - перестраховался юноша.

- Выходит, оно звучит если не гордо, то – по крайней мере - звонко! Погоди-ка... но в имени *Ильнара* тоже все согласные звонкие, - продолжила Линда словесную игру.

- Оно необычное – во всяком случае - для меня.

- Вот как! Значит, я все же в проигрыше.

- Ты знаешь, что ты для меня всегда самая обаятельная и привлекательная!.. – скрывая улыбку и стараясь быть серьезным, произнес Павел.

- Прямо-таки всегда… - с нескрываемым удовольствием проговорила девушка. - Итак... по поводу дальнейших наших планов... – продолжила она уже деловым тоном.

- Surprise! - прервал ее Павел, вытаскивая из своего кармана два билета.

- А ты говорила: не захочет, - заметила Линда, обернувшись к Ильнаре. - Билет на тебя приобретем в кассе, сегодня рабочий день – не будет много людей, я думаю.

- Я не совсем уверен в том, что билеты будут, - растерялся Павел. – Я их еще будучи в Германии заказал.

Линда, взяв его под руку, повела в сторону.

- Подождите… может, я все же пойду, - бросила им вслед Ильнара (она почувствовала какую-то неловкость).

Линда знаком показала ей, чтоб не уходила.

- Павел, я понимаю: ты, конечно, хотел бы, чтобы мы побыли одни. Но мне неудобно перед подругой. Ты же не сразу мне сообщил о своем приезде, и я с Ильнарой успела договориться о встрече до твоего звонка. Ты потом уедешь, а у меня подруг, увы! похвастаться не могу.

- Можно, конечно, поспрашивать у входа билет, но у театра таких желающих, наверное, будет немало, - с сожалением произнес Павел.

Линда посмотрела на него с недоумением.

- Будет еще хуже, если билет не удастся достать и тогда ей придется возвращаться назад, - продолжил он свои доводы.

Ильнара потихонечку начала нервничать. Она бы с удовольствием уже ушла. Наконец, не дожидаясь результата переговоров, принимает решение ретироваться.

«Пусть будет по-английски…» - подумала девушка с усмешкой.

Ильнара сделала шаг в сторону, как вдруг услышала разочарованный возглас Линды:

- Ты купил билеты в театр?.. Это и есть твой сюрприз?

- Да еще какой! На спектакль «Варшавская мелодия»!

- Что?! Вам удалось приобрести билеты на «Варшавскую мелодию»? - воскликнула Ильнара восхищенно, как будто это не подруге, а ей преподносят такой бесценный подарок. - Я такую очередь сегодня отстояла… Надеялась достать хоть какой-нибудь билет или хотя бы контрамарку - но куда уж там!.. А завтра они уезжают обратно, – разочарованно добавила она, подходя к ним.

- Вот и прекрасно!.. Вот и идите вдвоем!.. – вспылила Линда, бросив на Ильнару испепеляющий взгляд.

Ильнара не поверила своим ушам:

- Линда! Ты что, с ума сошла?!

- С ума это вы сходите!

- Как ты не понимаешь! Люди специально едут в столицу, чтоб посмотреть этот спектакль. А ты можешь сходить на него в Питере, даже не пошевельнув ради этого кончиком пальца.

- Еще добавьте: сколько это стоило!

- Стоило?..

- Натурально, немалые деньги. На что в кино могли бы сходить и в кафе посидеть, - уже совсем расстроилась Линда.

- Линда, это же ты шутишь, правда?

- Нет, это она не шутит.

Линда не заметила сарказма в словах своего парня и продолжила подливать масло в огонь:

- Театр! Театр! Ну вот за что вы его так любите? - больше обращаясь к подруге, спросила она.

- Разве можно не любить театр? – Глаза Ильнары удивленно расширились.

- Давай без пафоса, пожалуйста! За что?

Было видно, что Ильнара не понимает, *что* хочет Линда от нее услышать?

- Ну что, язык проглотила? Не знаешь, что и сказать? - съязвила Линда, в предвкушении победы.

- Я никогда не думала об этом. Люблю и все. Может быть, я уже родилась с этой любовью, - оправдывалась Ильнара, защищаясь от натиска подруги.

Конечно же, Павел понимал, что Линда не perfect... но чтобы быть настолько далекой от него... Она была безразлична к тому, что он очень сильно любил с детства - к театру. Он даже мечтал об актерской карьере, но, взрослея, стал понимать: жизнь на сцене и закулисная - далеко не одно и то же.

Он видел, как порой за талант принимают самоуверенность актера. Играет как будто бы неплохо, а изюминки в его герое не ощущается. И как много тех, других - внешне застенчивых, в глубине же души чувствительных и поистине одаренных - остается за бортом. В особенности его удивляет то, как критики набрасываются на актера, неудачно сыгравшего свою роль. А ведь он играл как мог: человек не может прыгнуть выше себя. Вина же здесь режиссера: это он подбирал актера к данной роли, он ставил этот спектакль, он выпустил его таким, каким его видит зритель.

«Линда – это тот самый, самоуверенный, актер, - подумал Павел, следя за разыгрывающейся перед ним сценой. - А Ильнара... она вообще загадка...»

- Линда, извини. Мне, конечно, вне всякого сомнения, нужно было подумать о том, чтобы и для тебя тоже это было бы небезынтересно, - вмешался Павел в спор девушек. - Но теперь уже поздно. И ты, конечно же, права: зачем тебе идти в театр, если ты к нему совсем равнодушна. Поэтому на спектакль на самом деле нам лучше пойти с Ильнарой.

Линда некоторое время смотрела на него молча, взгляд был удрученным. Но Павел, судя по всему, этого не заметил: выражение его лица осталось невозмутимо-спокойным.

- Хорошо. Позвонишь мне завтра, только не раньше десяти, - согласилась Линда, поняв, что альтернативы у нее нет.
- Ты уверена? - Ильнара не могла поверить до конца в происходящее.
Линда, скользнув по ней ледяным взглядом, ушла, не попрощавшись.

- Нехорошо как-то получилось, - виновато проговорила Ильнара.
- Ильнара, решайте! У вас на подготовку час времени. Или вы не идете?
- Вы шутите?

Зазвонил телефон Павла.
- Стив? Hi!.. I´m fine, thanks... До встречи, -

тихо сказал девушке юноша и пошел, продолжая телефонный разговор, к машине.

Ильнара побежала домой, пританцовывая.

Оглянулась.

Павел стоял у машины и смотрел ей вслед.

Ильнара засмущалась. Затем, сделав лицо серьезным, пошла быстрым шагом. Ей нужно было успеть переодеться.

Косметику использовать не будет - вдруг плакать придется. Но что она наденет? Платье?.. Нет. Пожалуй, в этот раз оденется попроще: поверх джинсов наденет нарядную кофту. Ей подумалось: неудобно выряжаться, идя в театр с парнем подруги.

Глава 12

Стивен, друг Павла, узнав, что тот едет в
Россию, попросил его поработать переводчиком. Павел с удовольствием согласился. Оказалось, что начало работы будет в Москве. И по
закону подлости нужно было быть там именно
завтра утром. Юноша, пожалуй, отменил бы
посещение театра, но, видя, то как девушка
радуется этому, решил рискнуть: не бежать же
за ней и объяснять, почему она пойдет одна; к
тому же ее радость по поводу предстоящего
вечера передалась и ему.

Юноша обоими языками - английским и
русским - владел отлично, так что недосып (из
театра он вернется поздновато, а вставать надо

будет в шесть) не должен бы ему помешать. Но вдруг переводить придется и с немецкого: в его группе могут быть и представители из Германии. У Павла опыт работы синхронно тремя языками не был большим, хотя немецкий знал не хуже русского и английского: все же в Германии жил с пятнадцати лет. Жил... но будет ли жить - этот вопрос был еще открытым.

До переезда с родителями в Германию юноша успел закончить в Петербурге девять классов. И так как он владел немецким только разговорным, в их семье решили, что для него будет целесообразным продолжить учебу за рубежом в такой гимназии, где всё обучение проходит на английском языке.

Из их семьи лишь мать (по происхождению немка) обладала хорошими знаниями немецкого языка. Труднее всех пришлось отцу: он знал язык настолько, насколько сумел освоить уроки жены до отъезда за рубеж на постоянное жительство.

Мать же, имея для Германии дефицитную профессию врача-психолога, сразу нашла работу. А отец почти год был безработным. Он был инженером-автомобилестроителем, но несмотря на большое количество фирм, устроиться по профессии не получалось. В итоге он пошел простым рабочим, а диплом ему пришлось припрятать: могли не взять.

На заводе удивлялись тому, как он легко устранял возникающие неполадки.

В том, что он имеет диплом инженера, отец признался, только когда узнал, что компания собирается послать в Россию своих работников на дочернее предприятие. Командировка предполагалась на полгода.

Матери идея не понравилась. Павел же был на стороне отца:

- Мама, у папы будет возможность потом, по возвращении, работать здесь по профессии.

Мать ничего не ответила, она была какая-то вся растерянная.

Откуда ему было знать, что с самого начала этот переезд отцу был не совсем по душе; что он пошел на завод рабочим, чтоб только через физический труд утопить свою тоску. Хотя супруга хорошо зарабатывала и готова была ждать, когда муж наконец-то освоит язык и попытается найти более-менее подходящую для него работу. (Родители при сыне никогда не спорили и не ссорились.)

Юноша, как раз к тому времени успешно закончив гимназию и поступив в университет на переводческий факультет, решил поехать в Россию с отцом и остаться там до начала учебы.

***

Первая пришедшая ему в голову мысль, когда они ехали по Московскому проспекту на легковой машине, присланной фирмой, была: почему он так долго не приезжал в свой родной город?

Конечно же, в первое время, после приезда в Германию, Павел очень сильно тосковал; но столько было проблем, на решение которых нужно было тратить много времени и усилий.

В английской гимназии было несколько интересных ребят, прибывших, как и Павел, из России. Именно это больше всего помогло ему адаптироваться. Но только приехав на родину, он почувствовал, чего был лишен все эти годы. Дома... То, что чувствует каждый, приехав в родительский дом. В дом, где он родился и вырос, с которым сросся всеми клетками души.

Павел вспоминал забытое, делал для себя открытия, сравнивая свою прошлую жизнь с настоящей. Его удивило количество красивых девушек на улице. Забыл он об этом или просто был слишком юн тогда, чтоб обращать на это внимание? Хотя, скорее всего, тогда для него это было совершенно естественным: вспомнил, как много красивых девчонок было в его классе.

Встречные красотки, вероятнее всего, даже не подозревали, что по своим внешним данным могли бы составить конкуренцию любой голливудской звезде.

Каникулы он провел отлично. Успел даже подработать переводчиком на предприятии, где работал отец. И самое главное - познакомиться с девушкой с огромными голубыми глазами.

Отец, когда срок пребывания в России уже подходил к концу, сообщил им, что задержится еще на полгода. Павла это не обеспокоило – а наоборот… Это означало, что его ждет впереди новое путешествие в Питер.

Глава 13

Появление в их квартире коллеги матери Павлу не показалось подозрительным, но увидев их вместе в кафе, запаниковал. Позвонив в тот же вечер отцу, начал убеждать его, что ему пора бы уже возвращаться. (Хотя до этого сына не беспокоил такой семейный расклад. Он уже стал подумывать: не вернуться ли ему после получения диплома в Россию. Можно было бы начать свою карьеру с фирмы, в которую был командирован отец.)

- У мамы кто-то появился?
Слова отца застали его врасплох.
- С чего ты взял?
Голос сына предательски охрип.

- Значит, она решила уже этот вопрос за нас двоих, - проговорил отец, окончательно убедившись в своей догадке.

Павел сжал трубку так крепко, что пальцы начали неметь.

- Не осуждай ее. Это я виноват. Я давно понял, что не могу вернуться; просто трудно было признаться себе в этом до конца. Я думаю, что твоя мама осознала это уже тогда, когда я собирался в дорогу.

- Ты так легко можешь все оборвать?

Сын еле смог сдержать дрожь в голосе.

- Наши отношения давно можно назвать, по всей вероятности, больше дружескими. И я бы очень хотел, чтобы эти отношения сохранились. Ради тебя. И прошу тебя помочь нам в этом.

- Может, и ты тоже кого-то там заимел?

- Нет. Я считаю, что уже виноват перед ней.

- Ну понятно, почему ты не шокирован, - теперь ты свободен, руки развязаны.

- Сынок, в жизни не так все просто, как вам, молодым, кажется. Да, мне эта новость больше чем неприятна. Но с другой стороны, ей не так будет больно, когда она узнает, что я остаюсь в

России навсегда. Признаюсь, меня бы устроило жить на две страны, сохранив семью, - но рано или поздно семья бы распалась. Мама, как врач-психолог, понимает это лучше нас с тобой. Думаю, что этот шаг для нее не был таким уж легким.

- Папа, но ведь это может быть и стратегия психолога. Зачем ей было приводить его в дом, если проще пойти в кафе (где я их сегодня и увидел).

- Возможно, так оно и было. Но ты сказал о том, что они уже встречались в кафе. Очень вероятно, что в отношении твоей матери к нему произошли какие-то изменения, которых она и сама не ожидала.

- Пап, ты уж прости меня. Тебе, наверное, сейчас хреново...

- Да... Ты прав... Но нам надо этот удар принять по-мужски - ты тоже уже не мальчик. Обещай, что дашь матери самой решать свою судьбу.

- Хорошо. Хотя в данный момент я больше беспокоюсь за тебя.

- Скоро каникулы, буду тебя ждать. И тебя, как я понял, еще кто-то здесь ждет.

- Ну, это сейчас не главное... Я обязательно приеду. Держись, пап, ладно?

- Да, будем держаться.

***

Вечером, за ужином, юноша заговорил с матерью напрямую:

- Мама, я знаю: у тебя кто-то появился. Мы с отцом даем тебе на это добро.

Ложка матери застыла у самого рта.

- Пожалуйста, только ничего не говори... Мне бы вообще не хотелось обсуждать эту тему, но решил лучше сразу, чтоб больше к этому не возвращаться.

- Ты говорил с отцом?.. Как он?.. - спросила мать, опустив ложку обратно в тарелку.

- А как ты думаешь?.. Он, кстати, готов был жить на две страны.

- Да, я знаю: он бы пошел на такую жертву. Но был бы он счастлив?..

- А ты... счастлива?

- Не знаю... Рано еще об этом говорить; однако... цепляться за то, что безвозвратно ускользает от тебя... Мы часто забываем, что мы не вечны, что жизнь наша не вечна.

- Только обещай, что больше не будешь приводить его сюда.

68

- Вообще-то, он предлагает нам переехать к нему. У него за городом дом, и сообщение оттуда хорошее.

- Это исключено! - вспылил Павел.

Нет, он все же еще не готов к спокойному обсуждению этого вопроса.

- Хорошо. Поговорим об этом позже.

- Нет, мама. Этот вопрос мы решим сейчас, - запальчиво проговорил Павел. - Ты можешь переехать к нему - я останусь здесь. Хорошо, что мы не успели обменять нашу квартиру на большую. Многие ребята моего возраста живут отдельно от родителей. Спасибо за ужин, пойду готовиться. Надеюсь, сдам сессию досрочно. И тогда смогу посхать к отцу пораньше.

Мать промолчала, вышла из-за стола сразу вслед за сыном и, сбросив в ведро для мусора почти нетронутый ужин, принялась вручную мыть посуду.

С этого дня начались ее метания между сыном и бойфрендом, становившимся для нее все ближе.

Павел принял решение поехать доучиваться в Англию. У него уже там были друзья, с которыми Павел подружился, находясь там на практике. Вероятно, мать устала настолько, что отреагировала на намерение сына спокойно. Павел же, не будучи уверенным, отреагирует ли мать спокойно и на его решение - поехать работать, после получения диплома, в Россию - придерживал свои планы при себе. Поэтому приглашение от матери на ее свадьбу больше обрадовало, чем огорчило.

Юноша, понимая, что, уехав на учебу в Англию, они с матерью будут видеться редко, решил, что в это лето большую часть каникул проведет в Германии.

Глава 14

- Ты... вернулась?

Линда молча прошла мимо Ольги в свою комнату, хлопнула дверью и - как показалось сестре - закрылась изнутри. Ничего хорошего это не предвещало.

- Линда, открой! Что случилось?
«И зачем мама разрешила ей поставить задвижку?» - подумала Ольга раздосадовано.

Сама она до некоторого времени спала в гостиной, уступив свою спальню Линде, когда той исполнилось семь лет. Это было объяснено тем, что у ее сестренки начинается школа; а первый год - это очень ответственно. Ольга понимала, конечно, - дело не в школе. Все было очень просто: квартира принадлежала отчиму. Отчима - для нее, а для Линды – родного отца.

До появления отчима они с матерью жили в коммуналке. Ольга даже не помнит, сколько было в квартире комнат. Поэтому в отдельной квартире она была готова спать где угодно, к тому же сестренку обожала и опекала ее как могла.

Но годы шли. И сестры, живя под одной крышей, становились все дальше друг от друга. Больше отделялась из сестер Линда: слишком разной была их жизнь.

Линда была красивым и славным ребенком. Отец любил дочь безгранично, отношение же матери к дочери было как к очень тонкому хрусталю, который от неосторожного прикосновения мог разбиться, - вернее, могло разбиться то, что было приобретено благодаря этой малышке. Как и все дети - обладающие тонкой чувствительностью - Линда это поняла довольно рано и использовала на всю катушку: рядом с отцом-хозяином росла госпожа-дочь, вокруг которой все больше образовывался круг неприкосновенности.

Линда взрослела...

Отец - ее кумир и поддержка - стал все чаще и чаще уезжать в командировки.

Так, во всяком случае, говорили ей.

Линда никак не могла предположить, что отец, безумно любящий ее, может так легко ее оставить.

*****

- Линда, у тебя все нормально?

Голос ее старшей сестры становился все более беспокойным.

- Ну что ты там топчешься, дверь открыта, - раздраженно проговорила Линда.

Дверь на самом деле давно уже не закрывалась. С того самого дня, когда Линда, получив бандероль от своего отца, впервые побывала у Ильнары, - но домочадцы, похоже, этого не заметили. Да и мать в скором времени выехала из квартиры: у нее появился мужчина. Довольно быстро узаконив свои отношения и поменяв комнаты из их коммуналок на однокомнатную квартиру, они переехали в Калининский район; Ольга же осталась с Линдой.

Бумажка с новым адресом ее матери была прикреплена к холодильнику. И каждый раз, когда Линда открывала дверцу холодильника, в глаза ей бросалось – проспект Металлистов. Номер дома и квартиры выяснить не успевала, внимание переключалось уже на содержимое холодильника.

Ольга тихонечко открыла дверь, просунула голову и испытующе посмотрела на сестренку.

Выражение лица Линды не было злым и не было капризным, скорее — опустошенным. Ольга взволновалась всерьез. Она решительно шагнула в комнату, предварительно оставив дверь открытой.

- У тебя же должно было быть свидание с Павлом. Я думала, вы где-нибудь в кафе сейчас. Он не пришел?

- Я, как видишь, дома. А Павел... в театре.

- Он пошел туда один?

- Нет, почему же... С Ильнарой.

- С Ильнарой?..

- Чего ты удивляешься? – отмахнулась от нее Линда. - Ты ведь отлично знаешь: я к театру равнодушна.

И уже жалея, что впустила сестру в комнату, машинально бросила взгляд на дверь.

- Хорошо... Знаешь, я купила конфеты,

«Олимпом» называются. Но ты их, вероятно, не любишь, - засомневалась сестра.

- Ты так сильно за меня расстроилась, что у тебя уже крыша поехала? Как это я могу не любить то, чего ни разу даже не пробовала.

- А как тогда ты можешь говорить, что не любишь театр, если никогда там не была?

- А я ведь на самом деле никогда не была в театре. Нас, что же, в детстве туда не водили?

- В тот единственный раз, когда тебя вместе со мной повели на представление, тебе было четыре года. Родители, конечно, знали, что ты можешь не пройти по возрасту; но ты, узнав, что я собираюсь в театр, настояла, чтоб я взяла тебя с собой. Ты была рослой, и, скорее всего, проскочила бы. А ты же, увидев, что твой отец, подав билет контролерше, повернулся, чтобы уйти, закатила такую истерику! Контролерша заинтересовалась твоим возрастом. Ты знала, конечно, сколько тебе лет, о чем не преминула с гордостью заявить. Отец твой уже был готов отбросить все свои важные дела и пойти на спектакль ради того, чтобы тебя пропустили; но контролерша вежливо отказала, указывая на то, что правила для всех одинаковые. Ты, поняв, что тебя не пропускают, стала рыдать уже из-за этого. И с тех пор о театре ты не желала даже слышать.

Все же странно, что ты не захотела пойти

на спектакль с Павлом. Выпускать добровольно такого парня из рук...

- Что же тут такого?.. Ну сходит он туда с Ильнарой - они же оба помешанные на театре.

- Да, по всей видимости, у него с Ильнарой больше общего, чем с тобой.

- Знаешь… у тебя, должно быть, много всяких дел… Да и у меня их немало... Дверь только не забудь за собой закрыть!

Старшая, поняв, что наговорила лишнего, вышла, тихонью прикрыв за собой дверь.

Глава 15

Ильнара всю дорогу, пока они с Павлом ехали домой из театра, молчала. Выражение ее лица было глубоко задумчивым.

Павел решил не нарушать установившейся в машине тишины.

«Возможно, рановато было вести ее на такой спектакль, - подумал он. - Ей ведь еще и семнадцати нет».

Хотя сам он был старше Ильнары всего лишь на три с половиной года, разница между ними была ощутима. Он прошел уже кое-какие испытания в этой жизни. Самое главное из которых - обитание вдали от своей родины, где многие вещи приобретают другую значимость и ценность… Хорошее знание языка страны проживания не дает того ощущения, которое испытываешь (когда приезжаешь на родину), прогуливаясь среди толпы, говорящей на твоем родном языке.

А наслаждаться спектаклем любимейшего театра в родном городе! Павел получил сегодня огромное удовольствие!

Вероятнее всего, Ильнара еще не совсем была готова к такому сюжету, но все же лучше она, чем Линда.

«Может, я уже родилась с этой любовью» - вспомнил он реплику своей спутницы и бросил на нее изучающе-любопытный взгляд.

Павел издали заметил, то что стоянка для машины у дома Ильнары отсутствует.

Юноша остановился, не доезжая до дома, и вышел из машины, чтобы довести девушку до подъезда.

- Такая грустная история... - наконец-то прервала свое молчание Ильнара. - После нее финал «Ромео и Джульетты» не кажется уже таким печальным.

Павел взглянул на девушку с нескрываемым любопытством.

- Она ведь до сих пор любит его. Почему он этого не понимает, не чувствует? – продолжила Ильнара, не замечая устремленного на нее заинтересованного взгляда.

- Может, чувствует, но боится ошибиться, - поддержал разговор юноша.

- Боится разрушить то малое, оставшееся от их большой любви?

- Вероятнее всего, - все больше втягивался Павел в беседу.

- Почему она выходит замуж за мужчин, которых не любит?

- Возможно, из-за того, что ей не хочется быть одной.

- Мне кажется, героиня думает, что так забудет его, но у нее ничего не получается, - не согласилась с ним Ильнара.

- Похоже, что она уже не любит его так, как любила в молодости, - высказал свои сомнения юноша.

- Не забывайте, она - актриса.

- И как долго они собираются разыгрывать эту свою роль?.. Пока не закончится жизнь?.. – задумчиво произнес Павел.

- Мне раньше жизнь казалась бесконечной, - грустно отозвалась Ильнара.

- Что же теперь?

- Жизнь не может быть бесконечной без любви.

Во взгляде девушки отразилась не присущая ее возрасту печаль.

Павел остановился и, сдерживая волнение, нахлынувшее на него, произнес:

- Ильнара, это не твоя жизнь!.. У тебя все будет по-другому!

- Вы так думаете? - доверчиво взглянула на него девушка.

- Конечно! Я совершенно в этом уверен.

- Уже поздно; может, я провожу тебя до дверей квартиры, - предложил Павел, когда они дошли до дома.

- Нет, нет. Я не боюсь: в подъезде у нас консьержка сидит, - успокоила его Ильнара.

- Хороших тебе снов! И думай позитивно!

- Я постараюсь, - проговорила девушка смущенно.

- Паша! - окликнула она удаляющегося юношу.

Павел, обернувшись, улыбнулся.

- Еще раз спасибо за спектакль! Это был хороший вечер.

- Для меня он тоже был хорошим.

Павел сел в машину.

Завел мотор.

«Какая же она чувствительная», - подумал он, посмотрев в сторону дома, у которого еще недавно с девушкой.

Глава 16

- Ты с ним спала? Спала? - закричала Линда с порога на Ильнару, ворвавшись в квартиру и даже нс поздоровавшись с матерью подруги, открывшей ей дверь.

- Что?! Ты… о чем?

- Я видела, как он смотрел на тебя! И он два дня уже мне не звонит!

Ильнара сделала шаг в сторону стола и ухватилась за его край, который ей больно надавил на середину ладошки. Она никогда не видела человека таким разъяренным, разве что в фильме каком-нибудь. Здесь же действие разворачивалось в ее собственной квартире, на глазах у матери; и в роли разъяренной особы выступала ее, можно сказать, подруга.

- Что такое?.. Что тут происходит?.. – довольно жестко спросила мать Ильнары.

- Спросите у своей невинной овечки, - выпалила Линда и выскочила из квартиры.

- Это все правда, что Линда сказала? – потребовала мать ответа уже у дочери.

- Галина! Ильнара! Что за крики у вас? По какому поводу такой ажиотаж? - удивился отец Ильнары, появившись в проеме двери.

- Я с ним не спала! Я не спала!

- Тихо-тихо! Успокойся! - ничего еще не понимая, стал успокаивать ее Марат.

- Успокойся?! Дочь отбивает чужого парня... да еще и спит с ним!.. – проговорила Галина, посмотрев с осуждением не на дочь, а на мужа.

- Замолчи! - одернул ее супруг.

- Это все неправда, папа! Это неправда! Я никого не отбивала! И ни с кем не спала!

- Я верю тебе, дочь, верю, - произнес Марат, крепко обнимая Ильнару.

- Но почему, почему такое ощущение, что меня облили грязью. Почему мне так гадко! – заплакала она, пытаясь вырваться из объятия встревоженного ее слезами отца.

- Это не твоя грязь - это пройдет. К тебе никогда, слышишь, никогда грязь не пристанет.

Ильнара притихла.

Пошла в ванную комнату сполоснуть лицо.

Девушка взглянула в зеркало, висящее над раковиной. На Ильнару смотрели незнакомые ей досель глаза - в беззащитно-вопрошающем взгляде было столько боли и недоумения. «За что? - вопрошали они. - Неужели можно вот так просто, ни за что сделать больно, оскорбить?»

Ильнара отвернулась.

Ей и так было плохо - от отражения в зеркале ей стало еще тоскливей.

***

- Больно-то с ней не либеральничай - не маленькая уже, - выговорила Галина мужу.

- Я знаю свою дочь!

- Оставь Ильнару мне. Я мать, и по-женски могу ей больше помочь.

- В женском вопросе? Возможно. А вот там, где вопросы касаются молодых людей, кому как не отцам помочь дочерям разобраться в них: девочки же видят во всем романтику.

- А в вас ее, выходит, нет?

- Почему же! Особенно в молодых парнях ее слишком даже много. Только вот она часто исходит из того, что ниже пояса. Они даже не виноваты в этом. Вся беда в том, что они этого и сами до конца не осознают, - так уж природа нами распорядилась (отсюда ошибки). Больше, конечно же, страдают девочки, поверившие в то, что навечно любимы. Но и парням нередко приходится за свои заблуждения расплачиваться тоже.

- Ты имеешь в виду *конечно же* себя, - заметила жена с усмешкой.

- Так я тогда на самом деле был еще совсем молодой и не очень опытный, чего нельзя было сказать о тебе, - парировал муж.

- Я не просила жениться на мне!

- Но ты знала, ты очень хорошо знала, что я не оставлю тебя, и сделала все для этого, - бросил упрек ей муж, чувствуя, что его понесло, но не в силах уже остановиться.

- Ты жалеешь о нашей дочери?

- Не смей говорить такое!.. Речь в данный момент не об этом. Дочь для меня - самая моя большая радость.

- Самая большая?.. А как же другая радость твоя?.. Уже и забыл?.. Сколько же лет с тех пор прошло? Десять?.. Или больше?.. Не помнишь? Можно, конечно, понять: десять лет - немалый срок даже и для большой любви.

- Это ты о чем? - подозрительно проговорил Марат. – И вообще, чего ты добиваешься? Чего ты хочешь?

- Я уже ничего не хочу, - ответила супруга и с сарказмом добавила: - Ты же знаешь - я давно добилась того, чего хотела. А сам-то ты чего хочешь?.. Никогда себя не спрашивал?.. Как ты ее любил!.. Я уже совсем была уверена, что теряю тебя. Интересно все же, что же тебя остановило?.. То - что это была не я - в этом сомнений нет.

- Откуда тебе все это известно? – произнес в замешательстве Марат.

- Мы под одной крышей вроде как живем. Чувствовала я, что не меня ты так страстно в постели любил.

- Ты никогда мне об этом не говорила.

- А что ты хотел? Чтоб я сама тебе чемодан собрала? – выпалила жена и вышла из комнаты, громко хлопнув дверью.

- Куда это ты собралась? - спросил отец у Ильнары, обеспокоенный тем, что дочка могла слышать их разговор, когда она, выйдя из своей комнаты, молча направилась в коридор и стала обуваться.

- Я прогуляюсь.

- Хорошо, - успокоился Марат, поняв по ее тону, что она ничего не слышала.

Глава 17

Ильнара очень надеялась, что на улице, на свежем воздухе, ей все же удастся успокоиться и прояснить до конца свои мысли; к тому же и родители ссорились почему-то.

«Ну в этот раз уж точно из-за меня», - огорченно подумала она.

Девушка пошла вдоль тротуара, не решив пока, куда ей направиться. Многие после двух дождливых дней вышли на улицу погреться на солнышке, Ильнаре же очень хотелось побыть наедине с собой. Но куда пойти?

По рассказам отца, они часто, когда она была маленькой, гуляли на берегу залива. Он даже свозил ее в Финляндию, чтоб дочь увидела, как он может быть красив.

«Может быть, пойти на Смоленку? Жалко, что хлеб не взяла с собой», - расстроилась Ильнара, вспомнив, что на реке часто плавают утки, - и буквально вздрогнула, заметив, как из подъезда ближайшего дома вышел Павел. Вон и машина его!

Ильнара, плохо разбирающаяся в марках машин, машину юноши почему-то запомнила сразу - яркую по цвету, с легко запоминающимся номером. На три большие буквы - BMW - обозначающие марку его машины, обратила внимание только сейчас.

«Он живет здесь», - догадалась она.

И только потом до нее дошло, что ее могут увидеть. А ей, именно в данный момент, этого не хотелось больше всего на свете.

Она собралась было уже шагнуть за кусты, росшие вокруг стоянки машин, но Павел ее уже заметил.

- Ильнара!

В голосе Павла послышалось радостное удивление.

- Здравствуй, - чуть слышно промолвила девушка, пытаясь пройти мимо.

- Ильнара, что с тобой?

Павел преградил ей дорогу и взял за руки. Девушка замерла как пойманный воробей.

- Ну посмотри же на меня! Случилось что-то у тебя? - спросил юноша, устремив на нее заботливый взгляд.

Ильнара медленно подняла голову.

На Павла смотрели почти испуганные, но в то же время выражающие любопытство глаза.

Павел забыл, что собирался сказать.

Заметив боковым зрением приближающуюся к ним Линду, осторожно выпустил руки Ильнары из своих.

- Павел, ну где же ты был? - послышался сдавленный голос Линды.

Павел обернулся в сторону своей девушки.

Ильнара отошла от него.

Линда шла прямо к Павлу, даже не поведя в сторону Ильнары взглядом. Можно было подумать, что она ее просто не заметила.

- Я должен был очень рано лететь в Москву на встречу со Стивеном, а ты просила тебя до десяти не будить, - ответил ей юноша довольно сдержанно.

- Мы с тобой собирались в джаз-клуб, я договорилась по поводу билетов.

- Извини, не получится: у меня на завтра запланирована новая встреча.

- Ты улетаешь?

- Нет, я поеду на своей машине. Пожалуй,

мне пора: надо еще по делам проехаться. Пока, - попрощался юноша, обернувшись на Ильнару. Та, кивнув в ответ, тут же отвернулась.

Павел пошел к машине.
Девушки остались стоять.
Молча.
Не глядя друг на друга.

- Это все неправда, - прервала молчание Ильнара.

- Что «неправда»? – резко повернувшись к ней, с вызовом спросила ее Линда.

- То, как он тогда смотрел на меня. Зачем ты так сказала, еще и обвинила во всех грехах? Зачем ты это сделала?

- Знаешь, держись-ка ты от него подальше, ладно?

- Ты испугалась?.. Ты испугалась, да?

Голос был твердым, взгляд пронзительным. Линда никогда ее раньше такой не видела.

- Чего мне бояться?

- Скажи, скажи это мне! Чего ты боишься?

- Чего бы это я боялась? - переспросила ее подруга, пытаясь унять волнение в голосе.

- Ты уже не боишься? Думаешь, то, чего ты боялась, уже свершилось? Ты так считаешь?

- Нет! Я так не считаю! Выкинь же это из

головы! И даже думать не смей! Слышишь?! Он мой!

- Не смей? Это ты виновата! Это ты сама все натворила! - высказалась Ильнара и пошла прочь.

«Дура!.. Какая же я дура!..» – подумала Линда, глядя вслед удаляющейся подруге: поняв наконец, какую она совершила ошибку.

Девушке хотелось догнать ее, остановить. Как будто таким образом она могла повернуть время вспять.

В глазах подруги она увидела то же страдание, что испытывала сама.

«Это они… они во всем виноваты!» - Линда до боли сжала кулаки.

Глава 18

Ильнара, войдя в прихожую, увидела в открытую дверь на кухню мать. Она сделала попытку проскользнуть незамеченной в свою комнату.

Ее душили слезы, причина которых была ей непонятна.

Галина все же заметила дочь и последовала вслед за ней.

- Ты чего? - спросила она, почувствовав неладное.

Дочь молча подняла на неё глаза, полные слез.

- Тебе плохо?

- Да… Нет… Не знаю…

- Ты влюбилась...

- Почему... ты так думаешь? - спросила Ильнара, слегка покраснев.

Мать, подойдя к дочери, обняла ее.

- Плачешь и не знаешь - отчего плачешь. Тебе и больно, и одновременно сладко. И не понимаешь - плохо тебе или хорошо...

- С тобой так было? – спросила Ильнара, удивленно посмотрев на мать.

- И со мной... и с тобой... Вот так же, может, когда-нибудь будешь сидеть и со своей дочерью, - усадив ее на диван, продолжила мать.

- А если у меня будет сын?

- Ну вот и улыбнулась... С сыном, наверное, так не посидишь.

- Думаешь... они так не страдают?.. – В вопросе Ильнары свозило неприкрытое любопытство.

- Ну, об этом тебе надо спросить у отца. Это по его части, не буду отнимать у него хлеб, - не удержавшись, с усмешкой проговорила Галина.

- Мама, а ты папу в молодости сильно любила?

- Безумно!

- Тебе, вероятно, не пришлось за него бороться, - грустно, думая о своем, произнесла дочь.

***

Женщина задумалась...

Галина училась на третьем курсе, когда среди новоприбывших первокурсников заметила парня с выразительными зелеными глазами, которые в сочетании с черными волосами были необычны.

Она была хороша собой, и поклонников хватало - что давало ей уверенность, возможно, даже излишнюю. Потому ее немного коробило, что Марат ее никак не замечал.

Во время перемен он читал. Было похоже, что его, кроме книг, ничто не интересовало. Предполагали, что юноша даже бутерброды брал с собой, чтоб не тратить время на столовую. Это уже позже Галина узнала, что он так экономил деньги, чтоб лишний раз сходить на спектакль, - у Марата была также безумная страсть к театру.

У нее появилась идея, к осуществлению которой она при первой же возможности и принялась.

Галина жила в студенческом общежитии по соседству с Сергеем - однокурсником Марата и таким же страстным театралом. Узнав об их очередном походе в театр, девушка пустила в ход все свое женское обаяние, целью которого было выманить у Сергея билет. План удался. Марату решили сказать, что приятель заболел.

Галина, сидя рядом с Маратом, старалась не обращать на него внимание. Это было трудно: его близость волновала ее.

Главное - не замечать его. Ну а волнение... пусть думает, что это от предвкушения праздника. И почему он - весь из себя театрал и тем более любитель книг - пошел на исторический, а не на литературный факультет. История – это, как она считает, набор фактов. Память у нее великолепная; и логика, можно сказать, математическая.

С русским тоже все было в порядке. Может, для кого-то это и спорный вопрос, но людям с математической логикой грамматика должна бы поддаваться. Не зря же ведь их классная - преподаватель русского языка - на продленке, которую тоже вела для своего класса она, помогала им с математикой.

На ее продленку поначалу ходило меньше половины из их класса; полгода спустя стали приходить почти уже все. Кто-то добровольно, увидев, как они ловко стали справляться с математикой; кого-то заставляли родители - по той же самой причине. Русским тем более владели хорошо. Анастасия Федоровна знала секрет. По программе русского языка на образования и разборы слов по составу давалось очень много часов, и все эти часы тщательно отрабатывались.

Сестра - годом ее старше - удивлялась: ее учительница провела из этих часов всего пять уроков. И в результате старшей сестре Галины приходилось обращаться за помощью к ней, ловко справляющейся с правилами. На самом деле, возьмите любую орфограмму: написание почти всех букв зависит от того, в какой части слова они находятся. Для человека, умеющего хорошо разбирать слова по составу, станет доступным любое орфографическое правило.

Преподаватель русского языка частенько использовала такую методику: писала слово, имеющее новое для класса орфографическое правило, на доске и графически оформляла его. Галина помнит, как была горда, когда первый раз, из многих желающих, именно ей дали возможность раскрыть тайну правописания слова *касаться.* Графически на доске все уже было расшифровано, а именно одной чертой была подчеркнута гласная «а» в обозначенном корне – кас -, двумя - гласная «а» в суффиксе, стоящем после корня. Итак, в корне - кас - пишется «а», если после корня стоит суффикс - *а.* Значит, если суффикса - а - не будет, пишем «о»; например, *коснуться.*

Это в правилах, а при написании нужно

было быстро ориентироваться в частях слова. Поэтому и даются на разборы слова по составу и словообразование так много часов. Удивительно, что до некоторых учителей это не доходит. Сокращая часы на эти правила, они дробят фундамент, на котором и держится орфография.

У Анастасии Федоровны был еще один секрет, который они до некоторого времени считали своим. Каждый раз им, кроме новой орфограммы, учительница давала несколько из пройденных на повторение. Их все прилежно по новой зазубривали: можно было легко заработать пятерку. Им всего лишь нужно было пересказать, без запинки и приводя хорошие примеры, старое правило. На уроках особенно очень старательно тянули руки те, кто еще больше чем на тройку не писал.

Однажды заболел химик, на его замещение пришел директор. Он, после опроса домашнего задания, стал гонять их по старым темам. Кое-что уже забылось, что-то просто вылетело из головы от растерянности - ребята впервые так близко сталкивались с директором их школы. Посыпались двойки.

Когда после звонка в класс вошла классная, ученики со слезами ринулись к ней, ожидая от нее защиты. Она попросила учеников выйти из класса.

Дети вышли, оставив дверь приоткрытой.

- Николай Васильевич, - начала классная как можно спокойным тоном, - наша цель не подавливать учеников и ставить им двойки, а давать им знания любыми способами. И делать все, чтоб они не только уходили со знаниями с уроков, но и сохраняли их. Для этого нужно задавать вместе с новым материалом также повторение старого. И конечно же, спрашивать с них именно то, что было задано. Если вы заметили, что ученики не помнят материал (который не был им дан на повторение), надо их не наказывать, а вспомнить его с ними еще раз. И увидите, какой будет результат к концу года.

Дети больше подслушивать не стали: стало неинтересно. Вот, оказывается, в чем дело. В течение всего года десятки раз повторенные ими орфограммы, безусловно, давали результат: годовые диктанты писались классом на ура.

Да, Анастасия Федоровна могла быть и неплохим математиком, а вот литератор она была не очень. Все было вроде правильно, но скучно, не зажигало.

Она вспомнила, как у ее одноклассника

учительница физики спросила, какие предметы ему нравятся больше всего, и была шокирована, когда тот с историей назвал русский. Он был троечником. Но раньше он делал более десяти ошибок - и всегда получал двойки, а при Анастасии Федоровне уже тянул на тройку, а это — не более четырех ошибок. На вопрос учителя, за что же ученик любит русский, одноклассник ответил: «Потому что я его стал понимать».

А вот литературу надо все же, наверное, не только понимать, а еще и чувствовать.

Есть же прекрасные учителя-литераторы, но нет таланта в преподавании русского. И наоборот... Русский язык Галина объединила бы с каким-нибудь из иностранных языков - и там и там язык.

А литературу... с историей? Но тогда ей пришлось бы выбирать какой-нибудь другой факультет. С литературой у нее были те же отношения, что и у классной.

Если бы не затеянный план, ни за что бы не пошла в театр, к которому была равнодушна. Да еще и на Островского...

Тем не менее спектакль стал занимать ее настолько, что она на какое-то время забылась. Машинально схватила Марата за руку, когда в главную героиню выстрелили, и тут же ее резко отдернула (она впервые прикоснулась к нему). Он понимающе улыбнулся; достал из пакета, стараясь не шуршать, салфетку и протянул ей.

Она плачет?

Это был перебор.

О ней говорили, что она сильная, и это ей нравилось.

Слезы как-то высохли сами по себе.

Девушка тщательно подготовилась к тому вечеру, прочитав о «Бесприданнице» несколько критических статей.

- У Островского есть один прокол, - сказала Галина, когда Марат пошел с ней в общежитие, чтобы проводить ее и заодно навестить «заболевшего» друга. - Героиня хочет умереть, но боится покончить с собой. Человек, желающий смерти, не боится ее. Мне кажется, что ее от самоубийства останавливает что-то другое.

- Сознание того, что это грех?

- Нет. На нее не похоже, чтоб она этого боялась. Здесь другое: человек, которого она любила и которому доверилась, предал ее и унизил. Покончив с собой из-за него, она бы уже сама унизила себя в своих и в его глазах.

- Но жить ей все же было невмоготу, поэтому полученная пуля в грудь была для нее отрадой, - подхватил новую мысль Марат и заинтересованно посмотрел на свою спутницу.

Хорошо, что Галина, кроме известных всем статей, просмотрела и отмеченные работы студентов.

Что бы там ни было, Марат наконец-то обратил на нее внимание. А это означало, что цель была достигнута.

***

- Я сказала какую-то глупость? - прервала воспоминания матери дочь.

- Нет, я ищу ответ. Правильный.

- Откуда можно знать - правильный ли он?

- Как бы тебе это объяснить. Это все равно, как сдавать экзамен. Сочинение отдал и ждешь потом результата, с надеждой, что написал без ошибок и что мысли твои верны. Долго ждешь и, уже получив листок в руки, какое-то время медлишь: еще мгновение - и ты будешь знать ответ. И ничего нельзя будет уже исправить.

- Можно пересдать, - пошутила дочь.

- Сочинение-то, может быть, и возможно, - серьезным тоном ответила мать. - Но жизнь не черновик, который можно переписать. Хотя нам

100

многим так именно и кажется, что когда-нибудь перепишем еще.

- Так ты можешь мне ответить: нужно ли за человека, которого любишь, бороться? – повторила девушка волнующий, по всей вероятности, ее вопрос.

- За человека - нет. За любовь, полагаю, что нужно, - ответила мать, подумав о чем-то своем.

- Даже если она взаимная?

- Даже если она взаимная.

- Нет, я не хочу ни за что бороться.

Девушка положила голову матери на плечо.

- Мама, почему это все так трудно?.. – с оттенком грусти проговорила она.

- Вот пусть твой отец тебе и скажет, почему это трудно даже тогда, когда любовь взаимна, - ответила Галина, заметив стоявшего в дверях мужа.

Дочь, почувствовав неладное между родителями, решила ретироваться:

- У меня что-то разболелась голова, я пойду прилягу.

Глава 19

- Что ты придумала?.. У меня такое впечатление, что ты жалеешь, что я не ушел тогда к ней, - выпалил Марат, когда дверь за дочерью закрылась.

- Не говори мне о ней! Слышишь! Я тебе запрещаю! Никогда!

- Но ты сама завела этот разговор.

- Развязала узелок, да? Чего теперь скрывать. Хочется поговорить об этом, а не с кем? Ты, поди, и от друзей утаивал. Или нет? Или они тоже знали? Приходили к нам в гости и шушукались тут с тобой.

- Что же ты их принимала, коли так думала о них? Ты же еще тогда все знала.

- Ничего я не знала, только догадывалась.

- А я подтвердил твою догадку? Умно. В

уме-то уж точно тебе нельзя никак отказать, - с сарказмом проговорил Марат.

Некоторое время пара сидела молча.

- Это правда, что ты меня любила безумно? - вдруг спросил муж.
- Что?!
- Я случайно услышал ваш разговор.

Женщина ничего не ответила.

- Почему ты мне так никогда не говорила?.. Может, у нас тогда все было бы иначе.
- Ты уверен, что я не вспугнула бы тебя?
- Не знаю. Бывает чувства одного вызывают в другом ответные чувства.
- У вас было так?
- Эта тема вроде бы как в наших краях запрещена.

- Ну уж валяй! По полочкам все сразу и разложим. Как говорится - выложим карты на наш семейный стол.

- Мне бы не хотелось говорить с тобой о моих чувствах к ней. Могу только сказать, что физической близости у нас с ней не было.
- Значит, вот как сильно ты ее любил, - произнесла жена почти сочувственно.
Муж промолчал.
Жена, сделав паузу, продолжила:

- Я многое сегодня поняла. Надеюсь, что вовремя. Хотя бы в отношении дочери.

- И что же ты поняла? - спросил Марат примирительным тоном.

- То что надо бороться за любовь, а не за человека. Если бы я не думала тогда о том, как бы тебя прибрать к рукам, а просто любила, - возможно, и твое увлечение мною перешло бы потом в любовь. Мы все же тогда были еще так молоды.

Может быть, я опять неправа. Сказала же наша дочь, что не хочет ни за что бороться. Она другая - не такая, как я, - в ней больше тебя… Признаться, я иногда ревную, примечая между вами сильную духовную связь.

- Если это то, за что ты меня полюбила, - может, не так уж это и плохо.

- Возможно. Если бы не ощущение того, что вы, двое, и я находимся на разных планетах, - ответила супруга, посмотрев на него с выражением легкой грусти в глазах.

- Ну что ты придумываешь, - сказал муж, притянув жену к себе.

Он почувствовал, как жена вся напряглась. Ему даже показалось, что она сейчас оттолкнет его. Но уже в следующий момент Галина расслабилась, прильнула к нему.

Глава 20

«Павел сегодня уезжает» - это была первая мысль, посетившая Ильнару сразу, как только она проснулась.

А проснулась Ильнара рано. Родители ее, судя по всему, спали - так как на кухне еще не шумел электрический чайник, который - как только вода в нем закипает - начинает сильно гудеть. Чайник был для нее «петушком», от которого она обычно просыпалась.

«Мне не надо об этом думать», - сделала Ильнара попытку прервать свои мысли.

Вчерашний разговор с матерью ее как-то успокоил. Ильнара закрыла глаза: можно было еще поспать, но тут же открыла их снова.

«Он же вернется потом и, возможно, тогда... Нет, я не должна ни о чем таком думать... Может быть, и вернется, но с чего я решила, что еще увижу его?.. – засомневалась девушка. - Тем более, что он скоро уедет в свою Англию... Но... я могла бы незаметно постоять за кустами, посмотреть на него хотя бы еще разок... - стала сдаваться она. - Боже... но что он подумает, если заметит меня!»

Девушка, натянув на себя одеяло, закрыла глаза, надеясь, что все же уснет и вместе с этим рассеются все ее нелепые мысли.

Но результат получился совершенно противоположный желаемому - она окончательно проснулась.

Ильнара встала.

Побрела на кухню.

Взяла было чайник в руки, но, вспомнив про «петушка», решила не будить родителей.

Села на подоконник.

Обхватив согнутые колени, стала разглядывать двор.

Было еще очень рано, двор был абсолютно безлюдным.

Наконец такое времяпровождение девушке наскучило, к тому же хотелось чая.

Недалеко от ее дома - при бензоколонке - было кафе, которое работало круглосуточно.

«Схожу туда, попью что-нибудь и заодно развеюсь», - решила она.

***

На улице ее овеяло приятной свежестью. Белые ночи уже закончились, но светало все еще рано.

Кроме Ильнары, были еще двое прохожих. Навстречу ей шёл вприпрыжку, засунув руки в карманы и приподняв плечи, молоденький парнишка лет четырнадцати: ему в тонкой летней футболке было холодновато.

За ним быстрым, упругим шагом следовала женщина лет шестидесяти, которая свернула, не доходя до Ильнары, в какую-то маленькую конторку.

«Похоже, уборщица, - подумала девушка. - Не успела с вечера убраться».

Ильнара пошла медленным, размеренным шагом. Спешить ей на самом деле было некуда: кафе оказалось закрытым на ремонт.

«Ну как же я этого раньше не заметила… -

приуныла Ильнара. - Родители, наверное, уже встали - можно чай уже и дома попить», - успокоив себя этим, повернула обратно к дому.

Перед дверью подъезда девушка немного замешкалась, подумав, развернулась и пошла решительной поступью в известное уже ей со вчерашнего дня место.

Она уже издали увидела знакомую машину. «Еще не уехал», - обрадовалась Ильнара. Затем увидела и Павла.
Увидела, как Павел вышел из машины и направился к дому.

«Забыл, видно, что-то», - решила Ильнара.

Она проводила его взглядом до подъезда и собралась было уже уйти, как вдруг заметила подошедшую к машине Линду.

«Они едут вместе!»

Эта известие огорчило ее так, что Ильнара буквально остолбенела, будучи не в состоянии сдвинуться с места.
Ей стало жарко, хотя одета она была легко, и вдруг сильно захотелось пить. Девушка машинально провела рукой по лицу. Ладонь стала влажной не то от выступившего пота, не то от слез, стекающих по щеке.

Линда села в машину, нагнулась и какое-то время находилась в таком положении.

«Чего это она?» - удивилась Ильнара. Она стала внимательно следить за происходящим.

Еще сильнее ее огорошила реакция подруги, когда Павел вышел обратно из дома: Линда вылезла из машины почти ползком, нырнула за кусты; откуда вынырнула уже совсем рядом с Ильнарой, которую в первый момент даже не заметила.
- Посмотрим еще, как ты затормозишь, - бросила Линда в сторону машины юноши. — Променять меня на мою же подругу!

Ильнара не сразу поняла, что произошло.
В голове была жуткая путаница.

И вдруг все открылось ей в своей страшной действительности!
- Линда! - вскрикнула она. - Что же это ты натворила?!
И побежала со всех ног к машине.

- Павел! Паша!

Но юноша уже успел завести мотор и крика ее не услышал.

Линда растерянно посмотрела вслед Ильнаре и пошла быстрыми шагами прочь.

Но и с дальнего расстояния она отчетливо услышала вначале глухой звук удара, затем скрежет колес и потом - в завершение чего-то страшного и непоправимого - сильный удар.

Линда остановилась.

Не оборачиваясь, опустилась на землю.

Зажала уши.

Она сжимала их все сильнее и сильнее, хотя вокруг было уже совсем тихо.

Глава 21

- Папа, что это такое? - спросила девушка, подставив свои ладони под падающие с высоты белые хлопья.

Учитывая, что она выглядела лет на шестнадцать, отцу, вероятно, было уже под сорок. Роста среднего, спортивного телосложения, без видимых морщин, он выглядел моложе своего возраста, - и только лишь небольшая прядка седых волос, затесавшихся среди копны черных, указывала на то, что это уже далеко не молодой человек.

- Это снег, - ответил отец, грустно взглянув на дочь.

- Он такой… такой…

- Холодный?

- Холодный - это не совсем хорошо, мне так кажется... - ответила девушка, вопросительно взглянув на отца.

- Белый, - поправился отец, усилием воли взяв себя в руки.

- Это что-то хорошее. Да, я чувствую по тону твоему, что это что-то хорошее.

- Холодный – это то, что чувствуют твои руки. Белый - это цвет. Земля, видишь, черная.

- Черная - это тоже хорошее слово, да?

- Не всегда, но в отношении земли – хорошее. Странно...

- Что?

- Нет, ничего.

- Скажи! Ведь чем больше я буду знать, понимать и мыслить, тем быстрей поправлюсь.

- Удивительно, что ты помнишь некоторые довольно даже сложные вещи, но в то же время очень простое тебе неведомо.

- Да, про снег я не помню.

- Вероятно, потому что это случилось летом.

- Летом не бывает снега?

- Нет, снег идет в основном зимой. Хотя он может выпасть также и осенью. Если уж зиме невтерпеж - она может объявиться и раньше положенного срока.

- А что случилось летом?

- Летом ты… заболела.

- Говорят, что это из-за любви. Об этом стараются говорить шепотом, но я все равно не совсем понимаю: о чем это они. Это слово я, к сожалению, не помню, - любовь, стало быть, приходит летом.

- Из времени года она больше предпочитает, пожалуй, весну. Как вирус.

- Может, любовь и есть вирус?

- Возможно, ты права.

- Устами сумасшедшей глаголет истина?

- Устами ребенка. И ты не сумасшедшая.

Меж бровей отца мелькнула складка.

- И не ребенок… Ты уверен - что я не сумасшедшая? Я часто слышу обратное, и обо всем этом говорят не шепотом, а довольно громко. Вероятно - люди думают, что я такая сумасшедшая, что совсем не понимаю, о чем они судачат.

- А ты их не слушай.

Отец с дочерью, подойдя к реке Смоленка, стали молча наблюдать за утками.

- Уже холодно, разве они не должны были улететь? – спросила дочь отца.

- Утки улетают, только если река начнет покрываться льдом.

Заметив в глазах дочери вопрос, отец стал разъяснять:

- В морозильнике есть ледяные кубики, ты ведь знаешь, откуда они?

- Да, из воды. Ты хочешь сказать, что вода в реке, как и в морозильнике, превратится в лед.

- Поверхность воды, да.

- И тогда утки не смогут добывать себе пищу. Но в городе живет столько людей, мы же могли бы их прокормить хлебом. Кстати, ты не забыл взять хлеб?

- Нет.

Отец вытащил из кармана куртки мешочек с хлебом. Дочь стала кидать его, разламывая на кусочки, уткам.

- Увлекаться кормлением уток хлебом не стоит. В хлебе нет нужных для уток витаминов, они могут заболеть.

Отец, заметив напряженность во взгляде дочери, пожалел о сказанном. Дочь, отвернувшись, не глядя на него, протянула ему мешочек обратно.

- Как ты считаешь, я поправлюсь когда-нибудь? – спросила девушка, не переставая следить за утками.

- Мы не теряем надежды. Но что бы ни случилось, мы всегда будем рядом.

- Да; только жаль, что я не всех вас помню.

- Я рад, что ты вспомнила меня.

Отец посмотрел на дочь с нежностью.

- Мне с тобой хорошо. Ты, надо полагать, был хорошим отцом.

- Надеюсь, что и есть.

- Извини... Я привыкла обо всем говорить в прошлом. Ты помнишь свое прошлое?

- Конечно.

- Все?

- Пожалуй, не все.

- Ты бы хотел помнить все?

- Это, наверное, было бы невозможно.

- А ты бы хотел?

- У каждого, вероятно, есть в жизни что-то, о чем ему не хотелось бы вспоминать.

- А это возможно?

- Что?

- Не вспоминать то, что тебе не хочется помнить?

- Почти нет. Особенно если есть совесть.

- Совесть?

- Это приданое, полученное нами свыше при рождении, - попытался объяснить отец.

- Это как подарок?

- Это как сказать. Для одних она соломинка,

не дающая упасть и сгинуть; для других же - дамоклов меч.

- Это я не поняла. Она живая?

- Живая, если ее не загубить.

- А тогда человек может жить без нее?
- Может, конечно. Хотя вряд ли в нем уже можно будет признать человека.
- А он будет знать об этом?.. Ну... что он уже не человек?
- Трудно сказать.
- А окружающие?
- Окружающие, вероятнее всего, поймут это раньше, чем он сам.
- Правильно я поняла - что совесть связана с нашим прошлым?
- И с настоящим тоже.

- Настоящее?..

- Это то, что происходит сейчас.
- То, что было вчера, стало уже прошлым? - продолжила девушка настойчиво задавать вопросы.
- Да, к сожалению.
- Получается, прошлого у нас больше, чем настоящего? – задумчиво произнесла девушка.
- Выходит, что так.
- Стало быть, именно от настоящего будет

зависеть, будет ли мучить совесть из прошлого.

- Умница ты моя!

Мужчина с дочерью продолжили прогулку вдоль набережной.

- Есть еще один человек, кого я безумно хотела бы вспомнить, - проговорила девушка после некоторого молчания. - Но когда мне уже кажется, что я его вот-вот вспомню, меня начинает тошнить, и я стараюсь уже не думать о нем.

- Тебе хотелось бы знать об этом человеке? - осторожно спросил отец.

- Может, мне лучше не знать: мне же нельзя думать о плохом, - сказала дочь и посмотрела на отца вопросительно, почувствовав в его тоне что-то неладное.

- Почему ты думаешь, что с ним связано что-то плохое?

- От хорошего не может тошнить.

- Такое тоже бывает: когда любишь так, что кровь готова выплеснуться наружу.

- Любить... Любовь... Они как-то связаны? Я не понимаю значения этого слова.

- Его нужно не столько понимать, сколько чувствовать.

- Так как я чувствую снег?.. Любовь холодная? – спросила дочь.

- Она разная... Может быть и холодной, но больше теплая и горячая.

- Она может обжечь?

- Еще как!

- Тогда лучше теплая. Я бы, скорее, выбрала теплую. Почему ты улыбаешься? Разве нельзя выбирать из них понравившуюся тебе?

- Любовь – это не вещь, это - чувство, - грустно посмотрев на дочь, произнес отец.

- Чувство... Это когда что-то чувствуешь? Я иногда плачу, сама не знаю почему. Слезы - это чувство?

- Скорее так.

- Значит, чувство можно ощутить, - сделала для себя открытие девушка.

- Да, ты, наверное, в чем-то права.

- Мама мне потом дает лекарство. Это чтоб я не чувствовала?

- Это чтоб тебе не было больно.

- Но, когда я плачу, мне не больно. Я имею в виду, у меня ничего не болит.

- Боль не всегда бывает физической.

- Да... ты прав. После таблетки мне уже не хочется плакать. Хотя я не уверена - хочу ли этого. У меня такое ощущение, что мои слезы как-то связаны с прошлым. Я хочу, чтоб у меня было прошлое.

Отец усилием воли сдержал внутри себя острую боль, не дав ей отразиться на лице.

- Ты говорил, что любовь как вирус. Значит, от нее можно вылечиться? - задала дочь новый вопрос.

- Увы, она не поддается лечению.

- Это пока. Я слышала от докторов, что многие трудноизлечимые болезни можно будет в скором времени легко вылечить.

- Да. Но никому еще в голову не пришло искать лекарства от любви.

- Почему?

- Знаешь, в нашем желудке есть бактерии. А медицина настолько сильна, что могла бы уничтожить их, но заодно она бы погубила и самого человека.

- Значит, любовь так же важна человеку, как и обитающие в нас бактерии? Настолько важна, что человек может без нее умереть?

- Конечно же, не умрет. Только захочет ли жить без нее, - проговорил отец и тут же обеспокоенно посмотрел на дочь. - Похоже, скоро начнется дождь, нам лучше вернуться, - сказал мужчина первое попавшее, что пришло ему в голову, пытаясь исправить совершенную им ошибку.

Но поздно. Отец заметил в глазах дочери тревожную сосредоточенность.

- Я знаю, что такое дождь. Я помню это слово; я знаю, что оно означает. Идет снег. Это значит, то что никакого дождя не будет. Мне кажется, я начинаю уже кое-что вспоминать. Или ты все же думаешь, что я сумасшедшая?

- Нет, извини. Я не то сказал, я просто хотел позвать тебя домой. Доченька, мне показалось, что ты устала, - попытался успокоить ее отец, чувствуя в то же время, как у самого стали от расстройства потеть ладони и под кожей у глаз забился нерв.

- Да, это, наверное, правда: ты сказал что-то не то, что-то - что ты пытаешься скрыть от меня. Но не смог сразу придумать, как отвлечь меня? Видишь, я не сумасшедшая. И у меня прогресс, не правда ли?

Мне кажется, если я поднатужусь, я что-то вспомню. Только меня тошнит... меня опять тошнит... Возможно - ты прав... Возможно – скоро, действительно, будет дождь... Ты прав, я устала... я хочу домой, - в голосе девушки послышалась нервозность.

- Да, да! Пойдем! Это все пройдет... Ты выпьешь лекарство - и все пройдет, - заговорил мужчина сбивчиво, уже довольно сильно обеспокоившись состоянием дочери.

Обняв за плечи, повел ее в сторону дома.

- Знаешь, не будем больше говорить про любовь, - устало проговорила дочь. - Наверное, это что-то очень хорошее, раз для человека это так важно, что он не хочет лечиться от этой болезни. Не смотри на меня так! Ты же сам сказал, что это вирус. Мне кажется… сегодня дорога домой длиннее обычного.

- Ты устала, но мы совсем скоро будем дома. Хочешь, я возьму такси?

- Ничего... Я дойду... А вообще… зимой бывает дождь?

- Да, если она теплая.

Глава 22

- Вы уже пришли? - удивленно спросила их встретившая у порога женщина.
- Да, скоро будет дождь.
- Дождь зимой?
- А Вы кто?
- Я?.. Твоя мама.

- Она правда моя мама? - тихо спросила девушка у отца.
- Да, правда, - подтвердил мужчина, быстро переглянувшись с женой.
- Но у мамы, кажется, были прямые воло-сы. Или я путаю?
- Нет, не путаешь. Она их просто завила.

Девушка потеряла интерес к разговору и сосредоточилась на расстегивании пуговиц.

Отец помог дочери снять верхнюю одежду и подошел к женщине.

Она была среднего роста, довольно полная, волосы и глаза светлые. Вглядевшись в черты ее лица, можно было заметить, что когда-то жена была хороша собой. Да и сейчас - сбрось она лишний вес, используй немного косметики - как былая красота в какой-то мере могла бы вернуться.

- Вчера ведь почти вспомнила, сегодня не узнала, - произнесла жена, не скрывая своего разочарования

- Ты еще парик надень - вот тогда уж точно не узнает.

- А я уже понадеялась, что есть какие-то улучшения, - проговорила женщина огорченно.

- Похоже на то.

- Ты думаешь? - обрадовалась жена.

- По всей вероятности, она скоро вспомнит о нем.

- Это хорошая новость! Нужно поговорить с врачами. - В голосе женщины послышались нетерпеливые нотки.

- Может, все-таки еще рано, - засомневался супруг.

- Это уже не нам решать. И потом, врачи же нам сказали, что маленькое потрясение может вернуть память.

- Или наоборот, все может стать еще хуже.

Их дочь, присев у батареи, грела руки, не проявляя никакого интереса к разговору родителей.

- Когда будет лето? - спросила девушка, не поворачивая головы.
- Ты помнишь лето? - встрепенулся отец радостно
- Я не уверена.
- Но что-то же ты вспомнила.
- Тепло. Я люблю, когда тепло.
- После зимы будет весна, потом лето.

В голосе отца послышалось разочарование. Но он тут же взял себя в руки.

- Это, наверное, долго.
- Знаешь, как раньше коротались зимы, - мы ходили с тобой в театр, - попытался отец девушки отвлечь ее от грустных мыслей.

Ильнара, обернувшись на него, посмотрела вопрошающе.

- Ты помнишь театр?

- Театр?..

Ильнара задумалась.

- Что-то очень знакомое.

Марат подошел к ней, сел на ковер. Дочь,

последовав примеру отца, тоже села на ковер, прижавшись спиной к батарее.

- А теперь закрой глаза. Представь - ты входишь в большое, красивое здание, видишь много людей.

- Я их знаю? - спросила дочь, закрывая глаза.

- Возможно, некоторых. Но может быть, и никого. Это не важно.

- Хотя они незнакомые, все же не чужие, - что-то начинает припоминать Ильнара. - Не так, как на улице, в толпе. Как будто тебя с ними объединяет что-то… И запах... там особый запах... - продолжила девушка воодушевленно.

- Да, запахи духов…

- Там пахнет праздником! Именно он объединяет тебя с этими людьми, - воскликнула радостно Ильнара.

- Затем все входят в зал... рассаживаются... - продолжил Марат, так же, как дочь, радуясь, что та кое-что стала припоминать.

- Люди разговаривают, но очень тихо, будто боятся вспугнуть что-то.

- Гаснет свет.

- Он гаснет в зале, но там, впереди…

Слово почти на языке, но никак не произносится.

- На сцене... - помогает отец, дополняя недосказанное.

- На сцене... Сцена... Никак мне это слово не вспомнить... Но я его как-то чувствую... Оно такое магическое...

Ильнара замолчала, задумавшись о чем-то.

- О чем ты думаешь? - спросил Марат. В его глазах опять мелькнула надежда.

- Мне кажется, что это уже было.

- Что именно?

- Этот разговор. О театре.

- Конечно, был. И наверное, ни раз. Ты ведь любила... любишь театр.

- Нет... это был какой-то особый... очень важный разговор, - сказала дочь, не заметив, как отец замешкался при ответе.

- Знаешь, а давай я завтра куплю билеты на какой-нибудь спектакль, и мы пойдем в театр, - сделал Марат попытку отвлечь ее.

- А куда мы пойдем?

- Ну например, в ТЮЗ.

- ТЮЗ? Странное название.

- Театр юного зрителя.

- Театр для детей?.. Ты думаешь, что я на большее не потяну?

- В ТЮЗ:е спектакли для всех возрастов. Ты очень любила туда ходить.

- Ты считаешь, что это хороший театр?

- Да, это очень хороший театр. Конечно, это, с моей стороны, возможно, очень субъективно: с ТЮЗ:ом связана моя студенческая молодость.

- Ты посещал в студенческие годы театры, а не бары? - улыбнулась дочь.

- В бары я тоже иногда ходил, но чаще в театр. И чего ты удивляешься, ведь любовь к театру ты переняла от меня.

- А мама тоже любит ходить в театр? - спросила Ильнара, бросив взгляд на женщину, колдующую над кастрюлями.

- Я ее в театре и встретил. Правда - как выяснилось - она там оказалась случайно... Когда родилась ты, - продолжил отец, проведя рукой по вьющимся волосам дочери, - дорога в театр на какое-то время забылась. Ну а как только ты подросла, мы стали ходить туда уже вместе.

Очень хорошо помню твое первое посещение: когда актеры вышли на поклон, зал хлопал сидя, а ты вскочила и принялась хлопать в ладошки изо всех сил. Со сцены, заметив это, все улыбались тебе.

По сценарию артисты кидали зрителям шары. Одна из актрис подошла к краю сцены, протянула шар тебе - ты была ужасно счастлива.

- Сколько мне тогда было?

- Шесть лет. Это было счастливое время... - подумав о чем-то своем, произнес Марат.

- Но возможно, если мы опять начнем туда ходить, оно снова станет счастливым?

- Время, когда ты со мной рядом, всегда счастливое, - ответил отец, ласково обняв дочь.

- И для меня тоже очень важно, чтоб ты всегда был рядом со мной. Мне больше никого не надо.

- Как бы это не было парадоксально, мне бы хотелось, чтоб когда-нибудь появился некто, кого бы ты жаждала видеть рядом с собой сильнее всех на свете.

- Потому что, папа, у тебя может быть такое сверхважное дело, из-за которого тебе придется оставить меня? Но ты же потом вернешься, а я буду ждать тебя.

- С этого сверхважного дела, увы, никто уже назад не возвращается.

- Теперь я тебя не понимаю.

- Обед готов, заговорщики, - прервала беседу отца с дочерью Галина.

Глава 23

На следующий день Ильнара пошла на прогулку одна. Она так часто гуляла с отцом по набережной Смоленки, что ориентировалась в этом районе уже довольно хорошо и не боялась заблудиться. Отец рассказывал, что он с ней и раньше гулял здесь часто, - может, поэтому она и запомнила эту дорогу быстро.

Ей нравилось подолгу стоять на берегу и смотреть на воду. По словам отца, река скоро покроется льдом, по ней можно будет ходить.

Ильнара пыталась представить, как бы она пошла по воде, превратившейся в лед.

Линда подругу заметила сразу. Девушка ее частенью видела здесь с отцом, сегодня же она была одна.

Линда, неслышно подойдя к ней сзади, заглянула через плечо девушки туда, куда был устремлен ее взгляд. Под ними была холодная, почти кажущаяся черной из-за глубины вода.

Ильнара обернулась.

На нее в упор смотрели большие глаза, небесного цвета.

- Здравствуй! - поприветствовала Ильнара на всякий случай, предположив то, что обладательница голубых глаз знает ее.

Незнакомка заметно вздрогнула. Но затем, вглядевшись в девушку, фыркнула и отошла в сторону.

- Извините, можно с вами поговорить? - перешла Ильнара на «вы».

- И точно совсем чокнутая, - произнесла громко незнакомка. - Даже не обиделась.

- Я обиделась, - призналась девушка.

- Правда? Или врешь?.. Ты врать умеешь?.. - устроила допрос незнакомка, всматриваясь в ее лицо пытливо.

- Не знаю.

- Значит, не врешь, - сделала вывод девушка с голубыми глазами.

- А тот, кто врет, знает, что врет? - задала Ильнара встречный вопрос.

- Конечно!

- Всегда?

- Всегда.

- А кому врут?

- Не всегда. Ты все же еще очень даже того... Если я тебя обидела, почему ты продолжаешь со мной разговаривать?

- Я хотела бы знать как можно больше о своем прошлом - ты ведь из моего прошлого, правда?

- Почему ты так думаешь? - заволновалась Линда.

- У меня такое ощущение... такое чувство, что ты за что-то меня ненавидишь. Нельзя же ненавидеть просто прохожего.

- Почему же нельзя? Можно, - возразила ей незнакомка.

- И за что?

- Хотя бы за то, что юбка не той длины, кожа не того цвета или нос не совсем прямой.

- На мне джинсы, кожа моя такая, как у тебя. И нос, по-моему, у меня прямой, - выразила свое недоумение собеседница.

- Дурочка ты, - засмеялась Линда.

- Ты это так сказала...

- Как?

- Необидно. Ты уже меня навидишь?

- Что?.. А, ну да. Может, ты и права. Может, уже и «навижу», - хмыкнула Линда.

- Я что-то сказала не так?

- Это не важно. Главное, что я тебя поняла.

- Но ты не всегда меня понимала, да?

- Что ты имеешь в виду?

- Если бы ты меня понимала, зачем ты меня тогда ненавидела бы?

- О, я очень хорошо тебя понимала! Понимала, почему ты увела моего парня! Ты хотела его себе! Его невозможно не хотеть! Видишь, как хорошо я тебя понимала!

- А разве можно человека увести? – удивилась Ильнара.

- Вот этот вопрос уже к тебе!

- Но почему он увелся? Он не любил тебя?

- Любил - не любил; у нас все было хорошо, пока не появилась ты.

- Я, должно быть, любила его... - задумчиво произнесла Ильнара.

- Ты его помнишь? - осторожно спросила ее соперница.

- Нет, скорее чувствую. Я чувствую, что мне кого-то очень не хватает. Я это чувствую аж до тошноты. А тебя из-за него когда-нибудь тошнило?

- Ну знаешь!

- Нет, ты не поняла... Папа сказал, что такое бывает: когда любишь безумно, кровь начинает бурлить и...

- Тебя тошнит не от любви, а от давления.

- С тобой такое было?

- Нет, со мной такого не было - с давлением у меня все в порядке, - хмыкнула Линда.

- А у меня не совсем в порядке, я гипотоник, - грустно произнесла Ильнара, чувствуя, что их разговор уходит куда-то в сторону.

- Скажи, а мы могли бы когда-нибудь стать с тобой подругами?

- Нет, - отрезала незнакомка.

- Почему?

- Зачем же строить то, что потом все равно разрушится, - отведя взгляд от бывшей подруги и посмотрев безучастно на воду, произнесла Линда.

- А что же мы сейчас?

- Сейчас мы так… по несчастью, - ответила ей незнакомка, не отрывая взгляда от воды.

- Как его звали? - после недолгого молчания спросила Ильнара.

- Павел. - Голос девушки дрогнул.

- Он… умер?

- Он в больнице, в коме, - приглушенным голосом ответила Линда. - Ты что-то помнишь? - добавила она обеспокоенно.

- Нет. Скажи... а он…Павел… любил меня?

- Вот уж так любил, что, сбив тебя, сделал из тебя чокнутую, что ты даже мать родную узнать не можешь!

Ильнара широко открыла глаза, в которых отразилось недоумение, сменившееся болью. Но потом ее взгляд стал таким непроницаемым и холодным, что Линда ощутила его физически: почувствовав, как по коже пошли мурашки.

- Тебе плохо? - чего-то испугавшись, проговорила она.
- Я пойду, - безучастным голосом ответила Ильнара.

В голосе девушки прозвучали незнакомые для Линды нотки.

- Ты завтра придешь? - поспешила Линда задать вопрос удаляющейся подруге.
Ильнара ничего не ответила.

***

Линда после того летнего инцидента жила в постоянном ожидании и страхе. Ждала, когда Павел очнется. Иногда она желала этого очень, иногда боялась. Но больше всего ее беспокоила Ильнара - она знала!.. Но было похоже, что изменения в ней не предвидятся, в чем Линда сегодня и удостоверилась.

Она, очевидно, потеряла подругу. (Линда Ильнару считала подругой, хотя догадывалась, что для той она больше приятельница.) Линде было интересно с ней. Во всяком случае, намного интересней, чем с другими.

И какая же муха ее тогда укусила?.. Ну сходила бы она в театр - не велика беда. Но это было их увлечение. Линда знала, что Ильнара, как и ее парень, очень любит театр. Потому и придумала поход в кино. Ведь это почти то же самое, только кино намного интересней - так, во всяком случае, она считает. И там все были бы на одной планке.

Как Павел ее тогда отдирал от себя! Раньше никто ему не мешал, а это девчонка его смутила.

Да дело вовсе не в билете в театр - это была последняя капля.

Линда что только не передумала после того, когда от Павла два дня не было звонка. «И придумала, - усмехнулась она, - сама их друг к другу и подтолкнула».

Девушка не просто так интересовалась гороскопами - у нее была неплохая интуиция. Но, похоже, интуицией обладала и Ильнара: в тот день у подруги были дела, поэтому она и опоздала, но на встречу с ней - тем не менее - согласилась сразу же. Раньше же при наличии причины отказывалась. Линда чувствовала, что соседка проводит с ней время не с большой охотой. Линда ее понимала – слишком разными они были с Ильнарой.

«Странное лицо у нее было недавно… - подумала девушка. – Уж не навредила ли я ей последней фразой?.. Любил? Если и не любил - полюбил бы; если не сразу - то позже». Уже тогда девушка поняла, насколько Павел и Ильнара схожи. Их объединяла тонкая, но прочная нить, удар по которой отозвался для нее самой бумерангом.

Как можно, не помня мать (живя под одной крышей), чувствовать того, кого видела всего-то несколько раз? Могла бы Линда сказать, что вот так же сильно любила Павла? И если бы эта была любовь, сотворила бы то, что сотворила?

Нет, об этом лучше не думать. Если можно было бы уснуть глубоким сном и, проснувшись, понять - это был сон, всего лишь кошмарный сон.

Глава 24

Ильнара надеялась на то, что ей как-нибудь удастся разыскать больницу. Она не помнила, как долго пролежала в клинике, но достаточно долго, - к тому же потом ни раз была там на приеме у врачей с отцом.

Поплутать ей все же пришлось.

- Вы к кому? - спросила ее женщина за окошечком.

- Мне нужен Павел.

- Фамилия?

- Я не помню? - растерялась Ильнара.

- Как же мне знать, милочка моя, к кому вы пришли? У нас тут их может быть несколько: больница большая.

- Павел… он в коме.

- Да, такой у нас только один. А вы кто?
- Ильнара.

- Вы кем ему приходитесь? - удивляясь все больше, допрашивала женщина за окошечком.
- Я? Его знакомая, - не совсем уверенно проговорила посетительница.
- Нет, милая! К нему только родственники допускаются.

Ильнара отошла от регистратуры.
Уходить после такого проделанного пути ей вовсе не хотелось. Она опустилась на диван рядом с белоголовым мальчиком, в пижаме, с книгой в руке.
Мальчик мельком взглянул на Ильнару и уткнулся опять в свою книжку.
«Видно, интересная», - подумала девушка машинально, как вдруг над самым ее ухом послышался шёпот:
- Второй этаж, палата 26-я.
Ильнара резко повернулась к мальчику, но тот сидел, продолжая увлеченно читать.

Она осторожно оглянулась по сторонам.
- Ну, чего сидишь-то? - не отрываясь от книги, прошептал опять мальчик.
- Я забыла, где лестница, - так же как и он, не смотря на собеседника, шёпотом произнесла Ильнара.

- Налево, за углом, - переворачивая страницу, ответил мальчик в пижаме.

Она посмотрела на женщину в окошечке, но ее загородил высокий мужчина.

Ильнара встала и быстро шмыгнула за угол.

Комната нашлась сразу. Она была напротив лестницы.

Девушка осторожно открыла дверь, вошла в палату.

Остановилась.

Вокруг все было белое.

«Совсем как снег», - подумала она.

Первым в глаза бросился аппарат. Он стоял напротив двери. У окна. Сбоку от аппарата стояла кровать.

На кровати тоже все было белоснежным, оттеняя и без того бледное лицо лежащего на ней молодого человека.

Девушка мельком взглянула на больного, затем подошла к аппарату, протянула руку.

Послышался скрип открывающейся двери.

Ильнара резко одернула руку обратно.

Оглянулась.

Сзади нее стояла женщина в белом халате. «Медсестра», - успела подумать Ильнара.

- Ильнара?.. - узнала в ней свою бывшую

пациентку вошедшая. – Ты на Павла пришла посмотреть?

Ильнара перевела взгляд на того, кого назвали Павлом.

- Ты его узнаешь?

Девушка некоторое время молчала, продолжая смотреть на лежащего.

- Нет, - наконец ответила она.

Женщина, сочувственно посмотрев на нее, подошла и осторожно взяла ее за плечи.

- Идем, тебе нельзя здесь находиться.

Но девушка не сдвинулась с места.

- Я чувствую, - произнесла она.

- Что ты чувствуешь? - удивленно спросила ее женщина в белом халате.

- Тепло.

Женщина посмотрела на нее непонимающе.

- Можно, я еще побуду здесь? - попросила Ильнара, не отрывая взгляда от юноши.

- Хорошо, но ненадолго. Я скоро вернусь.

Ильнара подошла к стулу, стоявшему возле кровати, вероятно оставленному кем-то, кому можно сюда входить.

Села.

Поначалу ее взгляд казался ни на чем не

сосредоточенным, затем перевела его на Павла.

Некоторое время Ильнара смотрела на него изучающе, стараясь что-то вспомнить.

«Удивительно, меня больше совсем не тошнит», - подумала она.

Затем встала.
Подошла к кровати.
Легла рядом с Павлом.
Закрыла глаза.

***

Девушка очнулась от того, что ее кто-то теребил за плечо.

- Ильнара! Ильнара!

Девушка открыла глаза - перед ней был белый халат.

- Где я? - спросила Ильнара, поднимаясь с кровати.

- Пойдем же, тебе нельзя здесь оставаться, - сказала женщина в белом халате тихо, как будто боялась разбудить больного, находящегося в коме.

Женщина пропустила девушку вперед и тоже направилась к выходу.

141

Вдруг раздался громкий, резкий звук. Ильнара испуганно обернулась.

Это был звук-сигнал.

Женщина в белом халате тут же бросилась к больному. Из аппарата продолжал издаваться невыносимый, режущий звук. Доктор, не глядя протянув руку, нажала на кнопку.

Стало тихо.

Ильнару затошнило. В этот раз как никогда сильно.

Она сделала шаг в сторону кровати.

Лечащий врач почувствовала, как девушка почти вплотную приблизилась к ней.

- Ильнара, - сказала она строго, - выйди, пожалуйста, прошу тебя!

Ильнара вышла. Прислонилась к стене.

- Павел! Паша! - прошептала она. По ее щекам текли слезы.

****

Ей показалась, что прошла целая вечность, прежде чем дверь палаты открылась.

- Валентина Николаевна! - бросилась к врачу Ильнара.

Та внимательно и испытующе посмотрела на нее.

- Можно мне к нему?.. - попросила девушка упавшим голосом.

- Хорошо… иди. Только… Ильнара, зайди потом ко мне.

- Хорошо, - ответила она, не оборачиваясь и взявшись уже за дверную ручку.

Она вошла в палату.

Аппарат был отключен.

Девушка не решалась взглянуть направо. Туда, где стояла кровать.

- Ильнара, - вдруг услышала она.

- Паша, - почти задохнувшись, откликнулась девушка.

- Мне нравится, когда ты так называешь меня, - устало, но с улыбкой произнес Павел.

Он протянул ей руку. Ильнара села на стул, не выпуская его руки.

- Я очень рад, что ты в порядке. Ты так неожиданно появилась перед моей машиной, и тормоза не сработали почему-то.

- Это Линда.

- Линда?

- Это она подстроила с тормозами... Ты-то как себя чувствуешь? - опомнилась она.

- Надо сказать, отдохнувшим, или точнее отлежавшимся, - пошутил Павел.

На самом деле, юношу, когда-то пышущего здоровьем, с красивой атлетической фигурой, было почти не узнать. Он сильно похудел; был бледен; глаза впавшие, с синими кругами. Но взгляд тот же - открытый и дружелюбный.

- Теперь у тебя все будет хорошо. Главное, что ты вышел из комы в здравом уме.
Павел посмотрел на свои исхудавшие руки - девушка с сочувствием проследила за его взглядом.
- Ты знаешь: это все поправимо.
- Были бы кости? - Павел слабо улыбнулся.

- Павел, ты... когда поправишься... опять уедешь?
- Да, если все будет хорошо. Мне нужно продолжить учебу. Я даже еще не знаю, сколько времени я потерял.
- Много. Уже зима пришла.
- Зима? Когда же это случилось? У меня, как видишь, с памятью еще не все в порядке.
- Летом. Это случилось летом.
- Уже прошло так много времени? Да, мне нужно будет уехать как можно быстрей.

Ильнара заметно погрустнела.

- Мы могли бы с тобой переписываться по электронной почте. Ты будешь мне отвечать? - улыбнулся Павел, догадавшись, каким будет ответ.

- Если ты будешь мне писать - да, конечно, - радостно ответила девушка и тут же смутилась, поняв, что слишком радостно. - Павел, извини, но мне пора домой, - засобиралась она. – Родители, наверное, потеряли меня; и мне еще надо к Валентине Николаевне заскочить.

- Ты придешь еще?

- Да, я буду каждый день приходить.

Глава 25

Галина выскочила в переднюю, услышав, как кто-то открывает дверь.

- Ильнара, где ты была? Отец твой уже час как тебя ищет, - бросилась она к дочери.

Раздался телефонный звонок. Галина тут же схватила трубку.

- Але… Марат, она пришла... Да, вроде все хорошо.

- Извините, я была у Павла.
- У Павла?.. Ты ходила к Павлу?.. Ты… вспомнила его?

Ноги матери стали подкашиваться; Галина села, опустив телефон на тумбочку. Из трубки доносилось: «Алё! Алё! Она была у Павла? Я правильно слышал? Ильнара его вспомнила?»

Галина в ответ кивнула головой. Опомнившись, подняла трубку - там уже никого не было.

Ильнара, подойдя к матери, присела рядом и взяла ее дрожащие руки в свои.

- Извините меня, я пришла бы раньше, но меня задержала Валентина Николаевна.

- Валентина Николаевна? Твой врач? Она тебя обследовала? Что она сказала?

- Она сказала, что я пошла на поправку, есть шанс на полное выздоровление.

- У тебя все будет хорошо, она правильно сказала. Видишь, ты и меня вспомнила.

- Да, мама, я все почти помню. Особенно то, что было до случившегося. А тебя… у меня такое чувство, что мы очень давно с тобой не виделись.

Галина сделала попытку улыбнуться, но ее губы дрожали, на глаза навернулись слезы.

- У меня сейчас такое же чувство... Да, а как Павел? - поинтересовалась Галина, пытаясь незаметно вытереть слезы. - Наверное, было тяжело видеть его таким?

- Мама, не переживай, - успокоила ее дочь, - с Павлом тоже все в порядке.

- Он очнулся?.. Как … когда это произошло? И вообще, как ты туда попала?

- Как я туда попала и почему, честно говоря,

не совсем помню. Помню только, как меня разбудили, и я оказалась... боже... в его постели. Я помню, как легла к нему в кровать... Легла рядом, не прикасаясь... закрыла глаза... Зачем я это сделала? Так устала, что захотела поспать? И я на самом деле уснула.

- Ты таким образом хотела вспомнить.

- Но зачем для этого нужно было ложиться к нему в постель?

- Помнишь... извини... Совсем недавно вы с отцом говорили о театре. Вернее, Марат пытался тебе помочь вспомнить его. Ты села рядом с ним на пол и закрыла глаза (так тебе велел отец, - имею ввиду, закрыть глаза). На пол ты села, потому что отец сел на пол, - сбивчиво стала мать объяснять дочери причину того, почему Ильнара так повела себя в палате, желая быстрей успокоить ее. - Ты легла рядом с Павлом и закрыла глаза, пытаясь таким образом вспомнить его. Потом, вероятно, из-за усталости уснула.

- Когда я уходила, заработал аппарат. А может, Павел, почувствовав меня, захотел, чтоб я осталась? Мама, разве можно любить чужого?

- Чужих - не любят, чужими -увлекаются. Если же любовь взаимна - вы не чужие.

- Если ты любишь, а тебя нет?.. Я поняла: это не любовь, это увлечение.

- Любить - не значит владеть. К сожалению, понимание всего этого приходит иногда поздно.

Послышался шум: кто-то пытался попасть ключом в замочную скважину.

- Это папа, - догадалась Ильнара и пошла открывать дверь.

За дверью действительно стоял Марат. Он резко обнял Ильнару, потом отстранил от себя, пытливо вглядываясь в нее.

- Папа, это правда - со мной все в порядке: ко мне на самом деле вернулась память.

Дочь рассмеялась и уже сама обняла отца. Галина смотрела на них, счастливо улыбаясь, не ощущая скатывающихся по щекам слез.

Глава 26

Ильнара прогуливалась во дворе больницы, оттягивая свой визит. Произошедшее накануне казалось ей сном, выдуманной ею фантазией.

Времени для посещения оставалось совсем немного.

Наконец убедив себя, что пришла посетить больного и к тому же обещала это сделать (это она помнит точно!), направилась к зданию.

Перед дверью в палату еще потопталась в нерешительности, затем тихо постучала.

- Входи! - послышался из палаты знакомый голос. И ей ничего не оставалось, как только перешагнуть через порог.

- Откуда ты знаешь, что это я? - удивилась

Ильнара, поняв, что Павел не сомневался в том, что за дверью стоит именно она.

Юноша в ответ только улыбнулся. (Родня просто врывалась в палату: они уже привыкли входить без стука к пациенту, находившемуся в коме. С утра перебывали почти все. Их, в виде исключения, впускали вне официального времени для посетителей.)

Осталась только Ильнара, и он ее почему-то очень ждал. В какой-то момент подумал, что Ильнара не придет. О том, что девушка сильно пострадала, после того как он ее сбил на машине, после чего лежала в этой же больнице с травмой головы и до сегодняшнего дня были проблемы с памятью, - он не знал.

- Я ждал, что ты раньше подойдешь.

- Я не могла прийти раньше, - зарделась девушка. - Папа хотел сам меня подвезти.

- Я уж подумал - ты осталась дома, чтоб посмотреть документальный фильм об Алисе Фрейндлих: передача эта совпала со временем посещения.

- Ой! Была передача об Алисе Фрейндлих?! В нашей семье ее очень любят. Особенно ее любили сильно дедушка с бабушкой. Они часто ходили на нее в Ленсовета. У них была одна история, - сходу начала свое повествование Ильнара, пытаясь прикрыть смущение, предварительно переставив стул ближе к окну, чтоб не сидеть совсем напротив юноши. Павел сидел на кровати, он мог уже передвигаться по палате.

- Один наш родственник, женившись, приехал в свадебное путешествие с молодой женой к деду в Ленинград, - продолжила Ильнара семейную историю, оценивающе бросив взгляд на Павла. Вид у него был все еще уставший, но намного лучше, чем в предыдущее посещение.

- И раз, наслушавшись за столом об актрисе, заявил с сарказмом: «Что вы все носитесь со своей Фрейндлих? Из-за "Служебного романа"? Я же ничего не вижу в нем особенного. Для женского пола, разве что...» На другой день дедушка принес билеты на спектакль с ее участием. Родственнику-бедолаге ничего не оставалось, как использовать их; к тому же он чувствовал себя виноватым за то, что так пренебрежительно отозвался о любимой актрисе хозяев дома. Самое же интересное было во время ужина, после посещения им спектакля. Родственник склонился к уху дедушки и тихо произнес: "В нее влюбиться можно". Он был намного моложе актрисы. И плюс ко всему – рядом сидела молодая жена.

- Да, именно как театральную актрису ее называют великой.

- Мне кажется, завоевать такое признание в театре намного труднее, чем в кино.

- Да уж, озвучивать никто за тебя не станет, фальши на сцене от зрителя не утаишь и новый дубль не сделаешь.

- Роли ее в фильмах тоже незабываемые. Но, по словам дедушки, только видевшие ее на сцене могут ощутить полноценно, насколько она талантлива.

- Ты от него переняла любовь к театру?

- От дедушки любовь к театру перенял мой папа, а я уже от него. Знаешь… мне кажется, что папа был влюблен в одну актрису. И более того - любовь была взаимной. Все началось, вероятнее всего, с того, как одна из актрис во время поклона подарила мне шар, а мой папа подарил ей цветы. Я стала замечать, что она часто бросала на нас взгляды. Мне это было приятно: мне казалось, что она играет для меня. Актриса переводила взгляд от меня на папу и смотрела на него как-то иначе. И папа тоже - так он никогда не смотрел на маму. Это я подметила уже позже, а тогда я была горда, что папу вот так примечают: это же был мой папа - самый лучший на свете. И это все понимала любимая мной актриса. Как же я тогда была глупа! – грустно проговорила девушка.

- Сколько тебе было лет?

- Шесть, - ответила Ильнара и продолжила:
- Настроение перед спектаклем у него было всегда приподнятым. Папа каждый раз покупал шикарные цветы и всегда дарил ей.

Однажды, когда мой папа был в отъезде, я заметила, как мама сидела, разложив афиши на столе. Не знаю, что она увидела в моих глазах.

«Что?» - довольно жестко спросила мама. Я почему-то заплакала и сказала ей, что у меня болит голова. (У меня на самом деле что-то внутри заболело.)

На другой день настроение не улучшилось. Я сама не понимала, почему мне так плохо. Мама обеспокоилась не на шутку. «Ты скучаешь по папе? – спросила она меня. - У меня для тебя сюрприз: мы завтра идем в театр».

- Думаешь, она догадывалась?

- Не знаю. Я об этом тогда не размышляла.

Мы с папой всегда сидели на левой стороне партера. И наша любимая актриса, появившись на сцене, сразу посмотрела на наши места. Я заметила, как изменилось ее настроение: нас там не было. Но потом актриса заметила меня. Столько лет прошло, но я до сих пор помню ее растерянный взгляд. Казалось, ей мешали руки; она сбивалась, забывала слова. Она, вероятно, думала, что папа мой - отец-одиночка. Я ведь всегда только с ним ходила в театр, и обручальное кольцо он не носит.

- То, что она о нем ничего не знала, говорит о том, что у них не было связи.

- Разве можно полюбить вот так - на расстоянии… почти ничего не зная друг о друге? - произнесла девушка, подумав о чем-то своем.

- Наверное, можно… Ты ведь не думаешь, что они таким образом развлекались… Хотя ты сама заметила, какой для актрисы был удар - осознать, что твой отец не свободен.

- Когда папа приехал, я ему рассказала, что мы ходили с мамой в ТЮЗ и про нее тоже. Папа как-то сник. Несколько дней он был рассеян и задумчив. И когда я спросила, пойдем ли мы в выходные в театр, он мне ответил, что в этот раз мы пойдем на музыкальное представление.

Мне показалось - он это произнес как-то очень грустно.

В ТЮЗ в следующий раз я попала уже только с классом. Наша учительница считала, что искусство лучше всего помогает в воспитании подрастающего поколения, и часто водила наш класс на всякие представления.

Я как-то поняла, что наши с отцом походы в ТЮЗ прекратились после того разговора. И через год, обнаружив, что нашей актрисы там больше нет (она, вероятно, перешла в другой театр), я сообщила отцу об этом как бы между прочим: мне очень хотелось ходить в ТЮЗ с папой, а не с классом. И я была права - мы опять стали часто ходить туда.

Меня долгие годы не покидало чувство какой-то вины перед мамой. И чем старше я становилась, тем сильнее оно меня мучило.

- Ты не виновата, ты была еще маленькой, до конца могла не понять происходящее. Все дело в том, что ты очень чувствительна, - я это сразу заметил. Другой давно бы обо всем этом уже забыл.

- Мне кажется, из-за этого наши отношения с мамой не такие теплые, как с папой.

- Странно, что близкие отношения у тебя

сохранились именно с отцом, - произнес Павел.

- Папа же мог нас оставить, правда? Но он этого не сделал… И я чувствовала, что отец страдает. А мама... мама всегда была сильной. Вчера я впервые видела слезы в ее глазах: она не смогла сдержать их. Я очень надеюсь, что она простила меня.

- Даже не думай об этом, тебя не за что прощать. Еще раз повторяю: ты тогда была еще совсем ребенком, дети не отвечают за поступки своих родителей.

Ильнара посмотрела на Павла с чувством признательности: слова юноши были для нее немалозначительны.

Девушка заметила, что Павел задумался о чем-то своем.

- Ильнара… ты Линду видела?.. Я имею ввиду… когда ты ее видела в последний раз?

- Нет. Или просто не помню.

Настроение сразу резко упало.

- Не помнишь? Ты о чем-то умалчиваешь?.. Мне нужно знать... я хочу знать. Ты должна мне рассказать обо всем. Другое дело, если ты не готова еще к этому.

- Рассказывать, в общем-то, мне нечего. К тому же... до сегодняшнего дня у меня были проблемы с памятью, поэтому, если даже я ее видела, могу все же не вспомнить.

Ильнара мельком взглянула на часы.
Засиделась.
Пора, наверное, уходить.

- Прости...
- Что?.. Нет... Ты ни при чем. Ведь ты сам...

Девушка не договорила. Силы ее как-то иссякли; она, по всей видимости, чувствовала себя еще не очень хорошо.

Павел взял ее руки в свои.
- Я спросил, чтоб быть в курсе дальнейших действий. Ты ведь знаешь, как и почему такое с нами случилось, - а я... я ничего не знаю... ничего не помню, после того как увидел тебя почти перед машиной. Я не помню... как сбил тебя, - проговорил юноша виновато.
- Значит, ничего и предпринимать не будем. Тем более что она твоя девушка.

- Это все в прошлом, - задумчиво ответил он.

Ильнара внимательно посмотрела на Павла. Лицо его было хмурое, Павел о чем-то думал сосредоточенно.

- Сегодня днем здесь были из полиции. По словам очевидцев, ты знала о том, что тормоза неисправны: ты кричала об этом и, спасая меня, пыталась встать перед машиной.

- Вот почему они говорят, что случившееся со мной из-за любви...

- Ты о чем?

- Я ничего про аварию не помню… И вряд ли вспомню. Я… пожалуй… пойду, да и время посещения скоро должно закончиться.

Павел посмотрел на девушку испытующе: вспомнил ее первые фразы о Линде.

«Я потом об этом подумаю», - решил он.

- Ильнара, ты обещала приходить каждый день. Ты же не передумаешь?

- Нет, - ответила Ильнара, сделав попытку улыбнуться, но улыбка получилась грустной. Протянула ему руку для рукопожатия, юноша приобнял ее. Ильнара покраснела и поспешно пошла к выходу.

***

«Почему... почему она это сделала? И так ли я сам в этом безвинен?" – подумал юноша.

Павел подошел к окну; оттуда было видно, как люди входят и выходят из здания больницы. Он ждал, когда выйдет Ильнара. (Заметил, как упало ее настроение; хотел помахать ей.)

Она наконец-то вышла. Прошла несколько метров и - когда он уже думал, что не оглянется, - оглянулась. Павел помахал ей, но она, по всей видимости, этого не заметила.

«Почему Линда пошла на это?.." - опять вернулся он к своим мыслям. Павел с самого начала понимал, что они разные. Но он был молод – она очень красива. К тому же никаких серьезных планов строить не собирался.

Была у него подружка и в Германии, и до сих пор одно другому не мешало. Тем более что интимных отношений с Линдой у них не было. И все же после всего случившегося у него было ощущение, что он прожил почти целую жизнь.

160

И прожил ее, по всей видимости, неправильно.

«Но это не совсем так, - подумал он. - У меня есть еще время что-то изменить в своей жизни. Но что?.." В этом нужно было еще разобраться. И как можно скорей. Потому что время имеет способность заканчиваться иногда в непредвиденный нами момент.

***

- Это она пыталась тебя спасти? – услышал Павел за спиной.

Юноша от неожиданности вздрогнул. За ним стоял отец. Он с утра уже был, поэтому его повторное появление сына удивило.

- Папа? Ты вернулся?

- Если бы была возможность, я бы никуда от тебя не уходил. Мне до сих пор не верится… Это какое-то чудо.

- Что сказала мама?

- Она будет завтра. Она ведь уехала буквально за день до твоего пробуждения.

- Удивляюсь тому, что мама меня отсюда не выцарапала.

- Пыталась, но врачи не рекомендовали.

Павел сел на кровать, а отец присел на стул, придвинув его поближе к сыну.

- Это девушка... вы с ней близки?
- Что? Нет. - Юноша перевел взгляд туда, куда смотрел отец. На белой простыне лежал черный волос.

Павел сразу узнал курчавый волос Ильнары. Юношей вдруг овладело такое чувство, что за всем этим кроется тайна его пробуждения. «Надо об этом разузнать у нее. А если она не помнит?..

Ну нет, такую чувствительную девушку, да еще не совсем здоровую, не стоит беспокоить, - подумал Павел. - Да и не так важно все это теперь».

Дверь открылась - в палату вошла врач.
- У тебя еще гости?.. Тогда зайду попозже, - сказала она, переведя взгляд от юноши на его отца и чуть задержав его. И тут же вышла.
- Это Валентина Николаевна, твой врач.

- Да, она оказалась рядом, когда я пришел в себя. И, по-моему, она не только *мой* врач: она больше смотрела на тебя, чем на меня. И я заметил - как она смотрела на тебя, - улыбнулся сын лукаво.

- Ты... заметил?

- И как давно вы?..

- Нет! Что ты! Разве мне было до этого. Все наши разговоры были только о тебе.

- Теперь можете тему поменять.

- Мне пока не хотелось бы ее менять: в данный момент нет лучшей темы, чем твое пробуждение.

- Смотри упустишь! Ты слишком долго был один.

- Да. Но в этот раз хочу быть абсолютно уверенным, что это то, чего нельзя упускать.

Глава 27

Ильнара, как она и обещала, приходила в больницу каждый день. Посещения девушки с каждым разом становились для Павла все более радостными.

Спустя неделю они стали самыми главными событиями дня. Ему с ней было интересно общаться; о чем только они не говорили!

Она была таким же страстным любителем театра, как и юноша. Они часто обсуждали спектакли, просмотренные когда-то обоими. В ней проглядывались задатки критика. Мысли Ильнары были довольно глубоки и точны. Она высказывала их так легко и естественно, не подозревая, что об этом спектакле бились и спорили многие рецензенты. Он чувствовал, насколько ее оценка была близка к истине.

Павел тогда замолкал и только слушал. Девушка иногда тушевалась от внимательного взгляда юноши.

Он примечал, как она смотрела на него своими зелеными, достающими до самой глубины, выразительными глазами. Как ему хотелось обнять ее нежно и прикоснуться к ее еще по-детски пухлым губам, но именно это Павла и останавливало. Ему скоро уезжать… А год - большой срок.

Он понял, что разрушая чувства - особенно ответные - можно разрушить и самого человека. Он не хотел, чтоб она осталась один на один с разбитым сердцем.

***

Время учебы пролетело за границей быстро. Занимался много - нужно было наверстывать упущенное из-за болезни. Затягивать совсем не хотелось - тянуло домой, в Питер. Чтобы не заглядывать в почту каждый раз, для себя решил - открывать будет перед самым сном: самое приятное оставлял на конец дня.

Ильнара во время переписки потихоньку

рассказала все о произошедшем и также о том, как пережила свою травму.

Павел узнал и тайну черного волоса. В эту ночь он долго не мог уснуть.

И вспомнил… Вспомнил, что перед самым пробуждением видел сон.

Был жаркий день, он плыл в море. Павел с тревогой замечал, то как берег остается все дальше и дальше, но в то же время ему не хотелось возвращаться: берег был пустынным и не вызывал доверия.

Вдруг - оглянувшись в очередной раз - он увидел сидящую на берегу девушку. Лица было не распознать, но ее волосы - черные, вьющиеся, до плеч - он разглядел сразу. С появлением девушки берег перестал казаться опасным. И чего же он боялся? У него появилось неодолимое желание вернуться на берег. Спасение был там, а не здесь.

Она сидела лицом к морю, и все ее внимание было приковано к юноше. Вдруг девушка встала. «Она уходит», - со страхом подумал он. Юношей овладела паника. Отчаянно - работая усиленно руками и ногами - поплыл к берегу.

Она на самом деле уходила - и он закричал. Это был какой-то странный, нечеловеческий крик. Настолько сильный и резкий, что поднял волну, закрывшую его с головой. Он зажмурился и - когда открыл глаза - оказался в палате.

Юношу не удивило, когда в палату вошла Ильнара. Как будто в этот момент именно она должна была оказаться рядом с ним.

***

- Павел! Ну наконец-то. Я уже подумала: пропустила тебя, твой самолет давно прилетел.

- Нас задержали из-за одного пассажира: он никак не мог найти свой паспорт.

Павел с нескрываемым любопытством разглядывал ее.

Она вытянулась. И глаза ее, казалось, стали еще зеленее и глубже.

Губы, потеряв детскую припухлость, манили к себе с еще большей силой, вызывая уже совсем другие, иные чувства - восторженности и тревожности.

На Ильнаре был бирюзовый плащ, красиво облегающий оформившуюся фигуру; туфли на невысоких каблуках.

Ее ноги, не прикрытые джинсами, оказались стройными и привлекательными.

- Ты… изменилась.

- Превратилась из гадкого утенка в…
- Ты не была гадким утенком, - прервал ее Павел. – Но это правда про прекрасную лебедь. Тебе уже кто-то говорил об этом?

Что-то похожее на ревность шевельнулось в сердце, которое начало сбиваться с ритма.

- Это не важно, что говорят другие, - сказала девушка и, вдруг поняв, что выдала себя, опустила глаза. Но тут же подняла их и смело посмотрела на молодого человека.

Павел какое-то мгновение медлил, упиваясь ароматом еще не сорванного цветка.

На него смотрели влюбленные, доверчивые глаза. Губы разомкнулись, грудь поднималась все чаще в унисон дыханию. Юноша нагнулся и нежно, почти осторожно прикоснулся к ее губам.

В зале неожиданно появилась Линда. Павел машинально обнял и притянул Ильнару к себе.

На первый взгляд могло бы показаться, что девушка их не заметила, но напряжение на ее лице и в движении выдавало ее.

На Линде - как всегда - короткая юбка и туфли на высоких каблуках. Удивительно, что каблуки совсем не стучали. Волосы, обычно распущенные, были собраны в пучок.

Павел с Ильнарой проводили ее взглядом. Простить за себя было не трудно, за другого - оказалось сложнее.

Линда свернула за первый подвернувшийся ей угол.

Павел подхватил в правую руку чемодан, а левой крепко сжал руку Ильнары.
Пара направилась к выходу.

Глава 28

Линда не знала того, что Павел прилетает сегодня. Если бы не задержали пассажиров, прибывших из Лондона, они бы не столкнулись. Однако, по-видимому, начать новую жизнь с чистого листа почти невозможно. И особенно если это касается ее.

Настроение упало.

И зачем она это придумала - ехать в театр в Москву, как будто их в Питере не хватает. Но ей хотелось именно на «Варшавскую мелодию». Почему?..
Она не могла объяснить это даже себе.

В самолете вспомнила о поездке в столицу

с отцом. Улетали оттуда с ним в Ниццу. Отец летел по делам фирмы и взял дочь с собой.

До столицы добирались на поезде. Отцу хотелось успеть показать дочери московские достопримечательности. Чтоб не тратить время, поехали на ночном.

Хотя выехали поздно, было все еще светло - потом резко наступила темень. Девочка понимала: белые ночи – северная прерогатива, и все же на душе стало вдруг тоскливо.

В кромешной темноте мелькали дома, с темными окнами; случайные прохожие, также бездомные собаки. Она впервые увидела жизнь в ее почти застывшей форме. Линдой овладело ощущение тоски и печали. И она безропотно подчинилась отцу - пошла спать. Придет утро и вдохнет жизнь в то, что, казалось, никогда уже не оживет. Только надо быстрей уснуть.

***

Сон не принес облегчения. Она была уже не в поезде (под защитой), а на пустынных, темных улицах вместе с бродячими собаками. Они ее не трогали, она их и не боялась.

Но осталось воспоминание о другой жизни

- такой счастливой, но, увы, уже недосягаемой, оставшейся в далеком прошлом.

Она была взрослой. А ведь совсем недавно ей было одиннадцать, всего лишь одиннадцать лет. Когда она успела так быстро вырасти? Нет, она не хочет быть взрослой; ей хочется обратно в детство – счастливое, беззаботное.

Она устала идти, села на скамейку. Туда же запрыгнул и пудель. Он был среднего роста. Их так и называют - средними.

Весь облезлый, грязный, но глаза – чистые и добрые.

Ей вдруг стало холодно, она взяла пуделя на колени - пыталась согреться. Пудель как будто ждал этого: посмотрел на нее ласково и на какое-то мгновение прижался своим мягким (?) длинным носом к ее лбу.

«Поцеловал», - с улыбкой подумала Линда. Так ее в лоб целовал отец, когда она уходила спать или когда будил ее. Это было так давно. Боже... как это было давно...

«Папа...папа... где ты?» - прошептала она.

И он как будто услышал ее:
- Линда!.. Линда!.. Вставай!.. Пора...
Линда открыла глаза. Вначале осторожно,

в щелочку. Но потом увеличила эту щелочку настолько - насколько могла сделать большие свои глаза большими. На всякий случай, чтоб они, не дай бог, не сомкнулись.

И исчез бы ее отец, мгновение назад, как всегда, разбудивший ее поцелуем в лоб; поезд, притормаживающий и, по всей видимости, уже въезжающий на железнодорожный вокзал; свет, ворвавшийся в окно с раздвинутыми шторами. Было раннее утро. Через открытую форточку в купе струился прохладный утренний воздух - вот почему ей вдруг стало холодно.

Она была опять девочкой одиннадцати лет! И все что было - было лишь сном, каким-то наваждением. Все это можно взять и забыть... Но что-то все еще было в Линде и держало... Пудель! Он был таким реальным, и он остался там. Бродячий, одинокий, с добрыми глазами и – никому не нужный.

- Папа, когда мы вернемся, возьмем пуделя? – спросила Линда отца, натягивая на себя кофту.

- Это, конечно, красивая порода, но она требует большого ухода за собой, - ответил он, в последний раз внимательно оглядывая купе: не забыл ли чего. - Ты же знаешь: собак нужно часто выгуливать, развлекать, играть с ними.

- Папочка, мы можем его взять в приюте для бездомных, - продолжала дочь, спрыгивая с поезда на перрон, упрашивать отца. — Им не надо ничего, кроме любви и тепла.

Отец снисходительно улыбнулся:

- Дочь, я тебе куплю самую что ни на есть красивую, породистую.

Высокие эпитеты в ней большой радости не вызвали.

Время в Ницце Линда провела прекрасно. И, вернувшись, ни о каком пуделе - ни чистых кровей, ни бездомном - больше никогда не вспоминала и не заговаривала.

Глава 29

Когда Линда на такси добралась до театра, до начала спектакля оставалось еще полчаса. Гардеробная работала. Но она, увидев большое количество зрителей, решила куртку не сдавать: нужно было успеть на поезд. Лететь обратно на самолете передумала: ей не хотелось оказаться опять на том же месте.

Куртка была тонкая, ее можно положить в сумку (хорошо, сейчас модны большие сумки).

Увидела свободный диванчик. Села.

Линда заметила, что посетители были в основном по парам. Одиноких было мало. И она, одна, сидящая почти на лобном месте, сильно выделялась. (Ей так, во всяком случае, стало казаться.)

Девушка встала и пошла к стенду, туда, где были развешены фотографии актеров.

- И вы тоже первый раз в этом театре? - услышала она.

Вопрос был, вне сомнения, адресован ей. Боковым зрением заметила, что только один из интересующихся фотографиями был мужского пола. Голос был мужской, и молодой человек стоял чуть сбоку от нее.

Линда ничего не ответила.

- Честно говоря, я предпочитаю ходить в кино, - продолжил монолог молодой человек, пренебрегая упорным молчанием голубоглазой красавицы. - В театр же ходить для имиджа считаю глупым. Я пришел сюда из любопытства - не может быть, чтобы столько людей пришло только для галочки. Говорят, спектакль о большой и - как это часто бывает - несчастной любви.

Линда скользнула по юноше взглядом. Она обратила внимание на сильный загар и русые выцветшие от солнца волосы.

Модой человек был хорошо натренирован.

- Я – футболист… - уловив любопытный взгляд девушки, продолжил он. – Живу и играю в Барселоне. В Москве заездом, вот и решил провести время с пользой.

Юноша заметил, что голубоглазая девушка его слушает, хотя и продолжила внимательно разглядывать фотографии артистов театра на стенде.

На самом деле она опять повернула голову к нему, но на полпути зацепилась взглядом на ком-то находящемся за его спиной.

На противоположной стороне - у стены - стояла пара: мужчина лет пятидесяти и лет на пятнадцать моложе его женщина.

Невзирая на разницу в их возрасте, пара очень хорошо смотрелась.

Женщина была приятная, ее нельзя было назвать красавицей, но также нельзя сказать и незаметной.

Мужчина был красивый, холеный.

- Папа?..

Лицо ее - совсем недавно неприступное и почти надменное - претерпевало метаморфозу. Это было уже не лицо горделивой и красивой девушки - а маленькой, растерянной девочки.

От амбициозности девушки не осталось и следа.

Линда автоматически перевела взгляд на
футболиста, но, казалось, его не видела.

- Знаешь, не такие уж мы с тобой театралы,
давай лучше пойдем погуляем по вечернему
городу, - предложил тот дружелюбным тоном.

Взяв Линду за руку, молодой человек потя-
нул ее за собой к выходу.

Она не сопротивлялась.

Глава 30

Народу в баре было немного. Футболист выбрал место подальше от всех, особенно от курильщиков. «Ему, как спортсмену, это ни к чему», - догадалась девушка.

Если бы кто-нибудь сказал ей, что пойдет куда-то с первым попавшим... Но оставаться одной было просто невыносимо.

Футболист на ходу сделал заказ проходящему мимо официанту. Не успели они сесть, как на столе очутился небольшой графинчик.

- Пей!

- Я алкоголь не употребляю.

- Это хорошо. Выпей как лекарство.

Девушка опять подчинилась. Что это была за гадость - не поняла. Но ей на самом деле стало легче.

- Как ты считаешь, она привлекательная?

- Ты о мачехе?

- Мачеха! Лучшего слова не подобрать. Это тебе не степмадер.

- Это как сказать.

- У тебя есть что сказать против?

- В принципе, да. Меня вырастила мачеха.

- Ну что ты замолчал - рассказывай. Сейчас для меня это самая актуальная тема.

- Может, все-таки ее поменяем.

- Знаешь, нет! Раз уж вызвался быть моим терапевтом - работай!

Девушка подперла подбородок, ощущая, что начинает пьянеть. Тем не менее ей ужасно хотелось выслушать его историю. Тем более что там фигурировала мачеха.

- Моя мама – биологическая - умерла при родах, и я знаю ее только по фотографиям. Я имею ввиду то, как она выглядит, - начал свой рассказ футболист. - До трех лет мы жили с отцом вдвоем. Потом переехали к папиной подружке, которая жила в своем доме под Москвой. У нее тоже был сын. И хотя он был старше меня почти на год, ему частенью от меня перепадало. Димка был тихоней, а я же сорванцом - каким может быть трехлетний мальчишка, предоставленный самому себе.

Димина мать старалась к нам относиться одинаково. Во всяком случае, когда мы были на

180

виду. Но иногда я замечал (случайно), как она нежно обнимает его. Пыталась мачеха и меня ласкать, но я не поддавался. Не привык: отец ко мне нежности никогда не проявлял.

- Странно, мне казалось, что связь между отцом и сыном должна быть крепкой.

- Но не в нашей ситуации...

Мне было уже тринадцать, когда у папы с мачехой начались проблемы. Как-то он меня забрал из школы и отправил к деду в Петербург; в тот день я узнал, что они разошлись. Отец уезжал в Америку.

Через несколько месяцев отец прислал из США фотографию, на которой стоял с какой-то женщиной.

- Вот в кого ты такой шустрый.

- И вот тут я понял - там, под Москвой, был мой дом, моя семья, - продолжил свой рассказ молодой человек, не обратив внимание на замечание девушки. - И эта женщина, моя мачеха, была для меня матерью, моей единственной матерью.

В этот же вечер я отправился обратно из Петербурга в Москву. Я даже не подумал о том, как меня там встретят, разрешат ли остаться. Когда мачеха меня обняла, я тихо прошептал: «Мама». Почувствовав, как она вздрогнула, отступил от нее. «Ей не понравилось, что я ее назвал мамой, - решил я. - Ведь у нее есть свой сын».

- И я себя жалела, - прошептала Линда чуть слышно.

- Мачеха, узнав от моего деда, что папа приедет не скоро, сама предложила остаться у них. Я понял - что бы там ни было - я им не чужой. Я каким-то образом врос в их семью, желают они того или нет. Я решил приложить все усилие, чтоб они не захотели расставаться со мной.

Я понимал, что никогда не буду такой, как Димка - спокойный, тихий, ласковый. И не смогу притворяться. Поэтому пытался занять весь свой день так, чтоб не болтаться у них под ногами и от нечего делать не задирать Димку. К тому времени за моей спиной было несколько лет тренировок в футбольной лиге. Все свое свободное время, после школы и тренировок, я проводил во дворе, часами пробивая ворота, с охраняющим их чучелом.

- Вот как ты стал хорошим футболистом:.. Ты наверняка оказался в Барселоне из-за своего трудолюбия.

- Наверно. И это было одной из причин, почему я не уехал с отцом, когда он приехал, чтоб забрать меня.

А приехал он только через два года. У него в США были какие-то проблемы с фирмой, он оказался невыездным. Его оправдали, но на все это, естественно, ушло время. Мне тогда было уже пятнадцать, и я подавал большие надежды. А там, в США, футбол - сама понимаешь. Да и с моим отцом у меня и раньше не было особой близости, а из-за потерянных лет мы с ним отдалились еще больше друг от друга. Я думаю, что отец во мне видел причину потери моей матери.

- Как это? Ты же был совсем маленьким.

- От деда узнал многое о них. Отец сильно любил мою родную мать. Врачи предупредили маму, что могут быть осложнения при родах, но мать отказалась от аборта. Я остался жить - а матери не стало. После ее смерти отец мой был сам не свой.

- Мне вас обоих жаль, - проговорила Линда, опрокинув стопку.

- Мне было уже восемнадцать, когда отец вернулся насовсем. Это был сильно уставший, опустошенный человек. Через неделю после его возвращения я ушел в армию. И вот тогда в своем первом же письме я назвал женщину, вырастившую меня, мамой. Димка мне писал, что он вначале испугался: подумал, что со мной что-то случилось, увидев, как его мать плачет, читая мое письмо.

Линда опять потянулась за графинчиком.

- Нет! Хватит!

Футболист перехватил ее руку.

- Как лекарство.

- Есть и другие средства...

Это его жесткое «нет» и то, как он держал ее руку - уверенно и крепко, ей, как ни странно, нравилось.

Она посмотрела на него изучающе. «А он хорош», - сделала она для себя открытие. На самом деле, его выгоревшие на солнце волосы, потрескавшиеся губы и небольшой шрам под бровью создавали обманчивую картину. Черты лица были правильные и четкие; взгляд прямой, острый и в то же время немного насмешливый.

Ей вдруг захотелось, чтоб он никогда не выпускал ее руки. Линда была готова идти за ним куда угодно, не задумываясь, правильно ли это. (Вопрос, который в последнее время часто задавала себе, обдумывая каждый свой шаг.)

- Ты остановился у отца? - спросила она, осторожно высвобождая руку.

- Нет, у меня в Москве своя квартира. Хотя у них бываю чаще, чем у себя.

- Он вернулся к твоей матери? Так ведь правильней будет называть ее?

- Да, они опять вместе.

- По-видимому, она его сильно любит.

- Или жалеет. Трудно в этом разобраться, когда речь идет о близких, о семье.

- Когда ты уезжаешь? – почему-то спросила она его.

- Через неделю… Ты работаешь? Учишься?

- У меня каникулы.

- Хорошо.

- Что?

- Хорошо, что у тебя каникулы, - улыбнулся молодой человек.

***

- Я совсем тебя не знаю, - сказала Линда, остановившись на пороге его квартиры.

- Ты уверена?.. Ну конечно, куда бритоголовому пацану до длинноногой и большеглазой девчонки.

- Это ты?! – поразилась Линда.

Хотя ей тогда, когда она вспоминала о нем, казалось, что она его даже толюм не разглядела, перед ней стали выступать знакомые черты.

- То-то меня удивило, что ты даже имени моего до сих пор не спросил. «Костя, закрой дверь, нехорошо подглядывать!» Твое имя, как видишь, я тоже помню.

- Я также на всю жизнь и твою ухмылку запомнил.

- Думаешь, я изменилась? Не надейся!

Девушка, резко скинув с себя куртку и

185

бросив ее юноше на руку, уверенно прошла вперед.

- Да... - остановилась она на полпути, - откуда ты узнал, что я буду в театре?

- Я не знал. Просто какая-то сила меня повела туда. Я много слышал об этой пьесе; о главном герое, который ничего не сделал, чтоб быть с любимой.

- Он тебе кого-то напоминал?

- Видишь ли, в подростковом возрасте не понимаешь еще: что девчонки хотят, чтоб за них боролись, добивались их.

- Тебе надо было начать с отращивания волос, - улыбнулась Линда.

- Ты думаешь, это бы помогло? - спросил Костя, взглянув на нее исподлобья.

- Что скрывать: при волосах ты хорош, - машинально дала она ему оценку. – Не смотри на меня так...

- Как?

- Как будто я тебе до сих пор...

- До сих пор... что?

Костя еле сдержал улыбку, но она заметила.

«Понял, что я хотела сказать», - догадалась Линда.

- Интересна, - проговорила она почти сердито. – Ты ничего не знаешь!

- Что ты была с Павлом?

- Я не была с Павлом, если ты имеешь в ввиду *это*.

- Уже легче.

- Можно подумать, что вы ничего друг другу не рассказываете.

- По поводу тебя – нет, я ему ничего не говорил.

- А он?

- Я не знаю, что бы со мной было, если бы не моя мачеха, не Димка, не футбол… Меня удивляет, как некоторые легко осуждают человека, никогда сами не жившие его жизнью, не испытавшие того, что испытал и пережил он… Они отпустили тебя, чему я очень рад.

- Но ты меня совсем не знаешь.

- Я и себя-то до конца не знаю. Но если моя душа тянется к твоей – это же, наверное, о чем-то говорит. Почему-то никто не смог затмить тебя, хотя я даже не знал, какой ты стала.

- Ты имеешь ввиду мою внешность… - грустно произнесла Линда.

- Ты здесь. Со мной. Ты доверилась мне. Пусть не с первого момента – но все же доверилась. Это для меня многое значит.

Костя подошел к ней и легким движением руки распустил ей волосы.

В его поцелуе что-то было новое для нее - страсть, желание? (Нет, это не было для нее ново.) Чувства… Это был поцелуй юноши, у которого есть чувства к девушке, которую он держит в своих объятиях. Она вспомнила: «На всю жизнь запомнил твою усмешку». На всю жизнь… Только теперь до нее дошло, что это значит. Она почувствовала, как слабеют ноги… глаза почему-то стали сами собой закрываться.

Линда плыла, подхваченная сильными руками, в сказочный сон наяву.

Она доверилась ему до конца, как никогда и никому.

Глава 31

- Линда, где ты целую неделю пропадала? Я уже чего только не передумала. Ты же сказала, что вернешься на другой же день!

- Привет, - вместо ответа поприветствовала Линда сестру и пошла в свою комнату.

В глаза ей бросился лежавший на столе разорванный пакет.

- Это не я, - стала оправдываться сестра, пройдя за ней в комнату. – Это твой отец.

- Папа?..

- Да, он заходил вчера. Ты была права: в пакете была книга, но не только...

Рядом с разорванным пакетом лежала книга, с картой Канады на обложке. А в стороне от книги лежал свернутый пополам лист бумаги. Линда взяла его в руки, развернула. Это было приглашение, с данными отца.

Если бы она тогда открыла пакет, ничего бы не случилось. Того ужаса, чего нельзя уже никогда исправить.

Но он молчал, молчал столько лет!

И все же в том, что случилось, виновата она сама. И если бы не их великодушие...

- Отец твой сказал, что приглашение еще в силе. Если вы не встретитесь, он будет ждать тебя в Канаде. Мне показалось, он хочет тебя насовсем забрать.

- Забрать?.. Забирают вещи... маленьких детей... Я уже не маленькая девочка! Меня нельзя просто взять и забрать!

- Линда, успокойся! Разве же ты не этого хотела? По твоему отцу было видно, что очень соскучился по тебе.

- Тебе так хочется меня спихнуть?

- Ну что ты говоришь!

- Если бы у тебя была возможность, ты бы давно меня оставила, правда? Сколько же таких живет бок о бок только потому, что некуда уйти.

- Все! Я не хочу тебя больше слушать! Все только ты! Ты и твой любимый папочка! О нем ты только и думаешь! А мы для тебя ничто, ноль! Все, что мы ни делаем, делаем не так! Я, как тебе известно, работаю и учусь; мне ни на что не хватает времени. Это мама приходит сюда и убирает в твоей комнате, стирает твои вещи, готовит тебе вкусненькое. (Ты знаешь, что я не умею хорошо готовить.) А ты даже не сходила к ней ни разу. Решила: не нужна отцу – значит, не нужна и матери? Это не так! Ты-то нам как раз всем нужна, но вот кто тебе нужен?

- Оля, я выхожу замуж.
- Как замуж?.. За кого? Тебе доучиваться надо. Что ты еще придумала?
- Его зовут Костя. Живет в Барселоне. Я переведусь на заочное. Не волнуйся! Все будет хорошо. И мне... давно не было так хорошо.

Эпилог

- Они одногодки?

Линда заметила Ильнару издали.

Она не решилась бы подойти, если бы не ее сын. Он приметил полянку, на которой можно поиграть с мячом. Она была как раз за скамейкой, на которой сидела Ильнара, присматривая за детьми. Было очевидно - они одного возраста, годика по два.

«Значит… так тому и быть…» - решилась Линда и пошла вслед за сыном. Сердце стало биться чаще. Сколько они уже не виделись? Да, воды утекло много. Шаги в сторону прошлого были не совсем уверенными. Она, чтоб взять себя в руки, перевела взгляд на детей.

Одна из девочек была брюнеткой, другая – блондинкой. Брюнетка была похожа на мать, блондинка же...

Линда была рада, что они вместе: Ильнара с Павлом столько пережили.

Линда на какое-то мгновение забыла - из-за кого...

Она - в прошлом... Как будто произошло раздвоение личности. Это была не она, но все же кто-то очень для нее близкий, которого любишь, ненавидишь, радуешься и огорчаешься одновременно.

- Да.

Линда стала еще выше. Или ей показалось? Худая, загорелая.

Волосы не были обесцвечены, но от частого пребывания на солнце были светлее, чем их натуральный цвет.

Рядом с ней стоял мальчик лет пяти - ее сын. В этом не было сомнений - с такими большими голубыми глазами...

- Но как это возможно?

- Такое бывает.

Мальчик не стал терять времени - побежал играть, тут же привлекая внимание мальчишек, с завистью следящих за тем, какие выкрутасы с мячом он выделывает.

Ильнара придвинула вещи к себе. Линда - приняв это за приглашение - села рядом с ней.

Какое-то время они молчали. Можно было продолжить разговор о детях - в такой ситуации лучшей темы не найти.

- Не знаю, простили ли вы меня, – заговорила Линда совсем о другом. - Просить прощения не стала - не заслужила. И не знаю... на вашем месте смогла бы я... Если бы вы знали, как я вам благодарна за то, что дали мне шанс! Что бы было со мной... И что могло стать с вами...

- У меня их скоро будет трое, - проговорила Ильнара задумчиво. Она была в положении - это было заметно, но Линда не стала затрагивать эту тему, - тему, которую может поднимать только сама мать. Так говорят звезды, которые не перестали занимать в ее жизни важное место. - Какими они станут?.. - продолжила Ильнара, прослеживая за тем, как двойняшки пытаются отобрать у рыжеволосого мальчика лопаточку, приватизированную им.

- Ты будешь хорошей матерью - хотя... почему будешь? Ты есть хорошая мама. Я бы давно побежала отбирать лопатку детей у того мальчишки, а ты же даешь девочкам самим справиться с проблемой.

Я знаю, что ты любишь лето. Когда здесь начинаются дожди - у нас самая хорошая пора. Приезжайте как-нибудь с ними, в нашем доме всем места хватит. Детям не помешает лишний раз поплескаться в теплом море. Хочу сказать... мне очень не хватает тебя... Ну вот... опять придется лезть на дерево!

Ильнара поняла, почему Линда в бриджах, а не в короткой юбке, как она привыкла ее видеть.

Они оба, мать и сын, встали под дерево, задрав головы: изучали обстановку. Лезть на дерево Линда не стала, наклонилась к сыну и стала что-то объяснять. Он закивал головой, затем полез к ней на плечи.

Линда поднялась, чуть раскачиваясь. Сын обхватил руками ее голову, ему было и страшно и одновременно весело. Но вот Линда встала, расставила ноги и, почувствовав уверенность, крикнула ему:

- Тряси!

Мальчик потряс ветку не совсем уверенно - мяч не тронулся с места. Он потряс ее еще раз, сильней. Мяч полетел по прямой. Стукнувшись вначале об его голову, скатился по лицу матери. Линда - от неожиданности - стала заваливаться, при падении держа сына так, чтоб смягчить ему удар при падении.

Ильнара, обеспокоенная, встала.

Но через мгновение раздался смех.

Мальчик из песочницы с любопытством посмотрел в их сторону.

Двойняшки, воспользовавшись моментом, выхватили у него свою лопатку. Но она его уже не интересовала. Он продолжал смотреть туда, где мать с сыном лежали на траве, заразительно смеясь.

Лицо рыжеволосого мальчика, совсем еще недавно красное от напряжения и злости, стало мягким, разгладилось. Малыш захихикал.

Сестрички, не обращая на происходящее внимание, принялись строить песочный замок.

Ильнара перевела взгляд на карапуза, недавно терроризирующего ее малышек, а сейчас все громче и громче заливающегося смехом, как те двое.

Ильнара вдруг почувствовала, как в животе топнули вначале одной, а затем другой ножкой. Молодая женщина положила руку на живот.

- Что, сынок, и тебе хочется повеселиться?.. Погоди немного... Уже совсем скоро...